히로시마 내 사랑

Hiroshima Mon Amour

HIROSHIMA MON AMOUR
by Marguerite Duras

세계문학전집 349

히로시마 내 사랑

Hiroshima Mon Amour

마르그리트 뒤라스

방미경 옮김

민음사

차례

아르고 필름
코모 필름
다이에이 모션 픽쳐 컴퍼니 LTD
파테 해외 프로덕션

주인공
에마뉘엘 리바   에이지 오카다

타이틀
히로시마 내 사랑

감독
알랭 레네

시나리오와 대사
마르그리트 뒤라스

스텔라 다사스   피에르 바르보
베르나르 프레송

촬영 감독
사샤 비에르니   다카하시 미치오

촬영 기사
구필   와타나베   이오다

조명
이토

음악
조르주 들르뤼   조반니 푸스코

편집
앙리 콜피
자스민 샤스네
안 사로트

무대 장치
에사카 마요
페트리
무대 장치 보조
미야쿠니

스크립트
실베트 보드로

조감독
T. 앙드르푸에   I. 시라이
J.-P. 레옹   이토이
R. 기요네   하라

촬영 보조
J. 시아보   Y. 노가토모
D. 클레르발   N. 야마구치

무대감독
R. 크나베   I. 오하시

소품
R. 쥐모   이케다

분장 감독
A. 마르퀴스   R. 토이오다

헤어: 엘리안 마르퀴스
의상: 제라르 콜레리
문학 자문: 제라르 자를로
제작 실무
니콜 셀레르

음향 기사
P. 칼베   야마모토   R. 르노
음향실험실: 에클레르
녹음: 마리낭, 시모

제작 실장
사샤 카멘카
시라카와 다케오

제작사 대표
사미 알퐁

심의 번호: nᵒ 29.890

일러두기

1. 본문의 주석은 모두 저자의 주이다.
2. 원서에서 강조를 위해 쓰인 이탤릭체와 대문자는 고딕체로 표기하였고, 지문에 해당
   하는 이탤릭체 문장은 크기를 줄인 명조체로 표기하였다.

시놉시스

1957년 여름, 8월, 히로시마.

서른 살가량의 프랑스 여자가 여기 와 있다. 평화에 관한 영화의 촬영을 위해 온 것이다.

그녀가 프랑스로 돌아가기 전날 이야기가 시작된다. 그녀가 나오는 부분은 사실상 촬영이 끝난 것이나 다름없다. 단 하나의 시퀀스만 남았다.

프랑스로 돌아가기 바로 전날, 영화에 이름이 나오지 않는 익명의 이 여자는 한 일본 남자(엔지니어 또는 건축가)를 만나고, 아주 짧은 사랑을 나눈다.

그들이 어떻게 만나게 되었는지는 영화에서 밝혀지지 않을 것이다. 그것이 문제가 아니기 때문이다. 세상 어디서나 사람들은 만난다. 중요한 것은 늘 일어나는 이런 만남들 이후에 이어지는 일이다.

어쩌다 만난 이 커플은 영화의 시작 부분에 모습을 보이지 않는다. 그녀도. 그도. 그 대신 머리와 하체를 제외한 몸통 부분의 움직임, 한창 사랑을 나누는 중이거나 죽음에 가까운 고통에 사로잡혀 있는 몸, 처음에는 재 가루, 이슬, 원자폭탄으로 인한 죽음의 너울로 뒤덮였다가 그다음에는 정사 후 땀으로 뒤덮인 몸이 보인다.

조금 후에야 서서히 이 형체 없는 익명의 몸통에서 그들의 몸이 분리된다.

그들은 호텔 방에 누워 있다. 알몸이다. 매끈한 몸. 다친 데 없는 몸.

그들은 무슨 얘기를 하고 있는가? 바로 히로시마.

히로시마에서 모든 걸 다 봤다고 그녀가 그에게 말한다. 그녀가 본 것이 화면에 나타난다. 참혹하다. 그러는 가운데 부정적인 그의 목소리는 그 영상들을 모두 가짜라고 비난하고, 견디기 힘들어 하면서도 감정을 드러내지 않은 채 그녀가 히로시마에서 본 것은 아무것도 없다고 반복해서 말한다.

그러므로 그들이 처음 나누는 이야기는 우화적이다. 그러니까 오페라 대사 같을 것이다. 히로시마 이야기는 할 수 없다. 가능한 것은 오로지 히로시마 이야기는 할 수 없다고 말하는 것, 그것뿐이다. 히로시마에 대해 안다는 건 애초부터 완전한 망상이라 간주되기 때문이다.

이 도입부, 이미 추모가 끝난 히로시마의 참상을 보여 주는 공식적 장면의 행렬, 이런 내용을 호텔 침대에서 이렇게 불경스럽게 상기시키는 것은 의도적인 것이다. 어디에서나, 심지어 호텔 방 침대에서, 어쩌다 만난 두 사람이 불륜의 사랑을 나누는 중에도 히로시마 이야기를 할 수 있다. 사랑의 행위에 정말로 완전히 몰두한 두 주인공의 몸이 우리에게 그것을 알려 줄 것이다. 신성 모독이 존재한다면 진짜 신성 모독은 히로시마 그 자체이다. 위선적으로 질문을 다른 데로 돌릴 필요 없다.

히로시마라는 기념물, 이 공허의 기념물에 남겨진 비참한 흔적들을 관객에게 아주 조금 보여 주었을 뿐이지만 이제 관객은 미리 예상한 어림짐작에서 벗어나 그 주제는 생각하지 말고 지금부터 두 주인공 이야기 전부를 빠짐없이 받아들일 태세가 되어야 한다.

바로 이때 자신들의 이야기로 돌아오는 그들.

흔한 이야기, 매일 수없이 일어나는 이야기. 일본 남자는 기혼, 아이들이 있다. 프랑스 여자도 기혼이며 역시 아이가 둘 있다. 그들은 하룻밤의 연애를 한다.

그런데 어디에서? 히로시마에서.

남녀가 서로를 안는 그토록 흔하고, 그토록 일상적인 일이 일어난 곳이 바로 세상에서 그 일을 가장 상상하기 어려운 도시, 히로시마이다. 히로시마에는 그 무엇도 그냥 '주어져 있지' 않다. 모든 몸짓, 모든 말마다 본래 의미에 덧붙여진 또 다른 의미가 특별한 후광으로 드리워져 있다. 이 영화가 지향하는 중요한 목표 하나가 바로 거기에 있다. 즉 끔찍한 참상을 끔찍하게 묘사하는 것은 일본인 자신들이 다 했으니 이제 그만두고, 분명 특별하고도 '놀라울' 사랑 안에 이 끔찍한 잿더미들을 그려 넣음으로써 그 참혹함이 새롭게 태어나게끔 하는 것이다. 이 세상 다른 어느 곳에서 생겨난 사랑보다, 죽음이 잘 간수되지 못한 그런 장소에서 일어난 사랑에 사람들은 더 믿음을 가진다.

지리적으로, 철학적으로, 역사적으로, 경제적으로, 인종적으로 등등 최대한 거리가 먼 두 사람에게 히로시마는 에로티시즘, 사랑, 불행의 보편적인 소재들이 가차 없는 조명 아래 모습을 드러내는 (아마도 세상에서 유일한?) 공통의 장소가 될 것이다. 히로시마가 아닌 모든 곳에서 기교가 난무한다. 히로시마에서는 그것이 존재할 수 없으며 기교를 부려도 거부당하고 만다.

그들은 잠에 빠져들면서 다시 히로시마 이야기를 할 것이다. 전과는 다르게. 욕망 속에서, 그리고 아마 자신들도 모르게 마음에 자라기 시작한 사랑 속에서.

그들의 대화는 자신들에 대한 것이면서 동시에 히로시마에 관한 것이다. 그리고 그들의 이야기는 하도 뒤섞여서 히로시마의 오페라 이야기 다음부터는 사적인 이야기와 히로시마 이야기 사이의 구분이 흐려진다.

그렇지만 아무리 짧은 경우라도 그들의 사적인 이야기는 히로시마에 대한 이야기보다 더 우위를 차지할 것이다.

이런 조건이 지켜지지 않는다면 이 영화는 소설처럼 꾸며진 다큐멘터리라는 점 외에 전혀 흥미로울 것 없는 또 하나의 주문 제작 영화에 지나지 않을 것이다. 이런 조건이 지켜진다면 주문 제작 다큐멘터리보다 히로시마의 교훈을 훨씬 설득력 있게 전달해 주는 일종의 다큐멘터리를 가장한 영화가 될 수 있을 것이다.

그들은 잠에서 깨어날 것이다. 그리고 그녀가 옷을 입는 동안 다시 이야기를 나눌 것이다. 이런저런 이야기 그리고 히로시마 이야기. 왜 아니겠는가? 아주 당연한 일이다. 우리는 히로시마에 있다.

잠시 후 그녀가 불쑥 완벽한 적십자사 간호사 복장으로 나타난다.

그는 이런 복장, 즉 제복 효과를 불러일으키는 차림의 그녀를 다시 원할 것이다. 그는 그녀를 다시 만나고 싶어 할 것이다. 그는 모든 사람, 모든 남자와 똑같으며, 이런 분장에는 모든 남자들에게 공통된 에로틱한 요소가 있다. (늘 똑같은 전쟁에 늘 똑 같은 간호사…….)

그녀도 그를 원하면서 왜 다시 보려고 하지 않을까? 그녀는 분명하게 이유를 말하지 않는다.

잠에서 깨어 그들은 또한 그녀의 과거에 대해서도 이야기할 것이다.

느베르, 그녀가 태어난 도시, 그녀가 자란 이 니에브르 지역에서 무슨 일이 있었던 것일까? 그녀의 삶에 무슨 일이 있었기에 이렇게, 그토록 자유로우면서 동시에 무엇에 쫓기는 듯하고, 그렇게 진실하면서 동시에 부정직하며, 그렇게 모호하면서 동시에 선명해 보이는 것일까? 스쳐 지나가는 하룻밤 사랑을 그토록 탐하는 것일까? 사랑 앞에 그토록 비겁한 것일까?

그녀는 느베르에서 어느 날 미쳐 있었다고 그에게 말한다. 악독하게 구는 데 미쳤었다고. 여자는 마치 자신이 느베르에서 어떤 결정적인 통찰을 체험한 적이 있다고 말하듯 이 이야기를 한다. 그런 식으로.

느베르에서의 그 '사건'이 현재 히로시마에서 그녀가 하는 행동을 설명해 줄 텐데, 그녀는 그에 관해 아무 말도 하지 않는다. 그녀는 느베르에서의 사건을 다른 일처럼 이야기한다. 그 이유는 말하지 않은 채.

그녀는 떠난다. 그를 다시 만나지 않기로 마음먹었다.

하지만 그들은 다시 보게 될 것이다.

오후 4시. 히로시마 평화의 광장 (또는 병원 앞).

촬영기사들이 멀어져 간다.(영화에서 그들은 장비를 들고 멀어지는 모습만 보인다). 사람들은 공식 행사 단상을 해체하고 있다. 플래카드들을 내린다.

프랑스 여자는 (아마도) 해체 중인 단상의 그늘에서 잠들어 있다.

평화에 대한 교훈을 주는 영화 촬영이 막 끝난 참이다. 우스꽝스러운 영화는 전혀 아니고 다만 또 한 편의 영화가 추가됐을 뿐이다.

방금 촬영이 끝난 영화의 무대 장치를 다시 한 번 따라가는 군중 속에서 일본 남자가 지나간다. 이 남자는 우리가 아침에 호텔 방에서 보았던 그 남자이다. 그는 프랑스 여자를 보고, 걸음을 멈추고, 그녀에게 다가가고, 그녀가 자는 모습을 바라본다. 그의 시선이 그녀를 깨운다. 그들은 서로 바라본다. 그들은 서로를 몹시 갈망한다. 그는 우연히 여기에 온 게 아니다. 그녀를 다시 만나기 위해 온 것이다.

거의 그들이 만난 직후 행렬이 움직이기 시작할 것이다. 이 것이 여기서 촬영하는 영화의 마지막 시퀀스이다. 어린아이 들의 행렬, 학생들의 행렬. 개. 고양이. 구경꾼들. 세계 평화에 이바지하는 일이라면 늘 그렇듯 온 히로시마 사람 전부가 거기 있을 것이다. 이미 기이한 분위기의 행렬.

몹시 더울 것이다. 하늘은 비가 쏟아질 듯 궂을 것이다. 그 들은 행렬이 지나가기를 기다릴 것이다. 바로 그 행렬이 지나 가는 동안 그는 자신이 그녀를 사랑하는 것 같다고 그녀에게 말할 것이다.

그는 자기 집으로 그녀를 데려갈 것이다. 그들은 아주 짧게 각자의 삶에 대해 이야기를 할 것이다.

그들은 행복한 결혼 생활을 하고 있으며, 불행한 부부 관계 의 틈을 메울 방도를 찾는 사람들이 전혀 아니다.

그의 집에서, 그리고 사랑을 나누는 동안에 그녀는 그에게 느베르에 대해 말하기 시작한다.

그녀는 그의 집에서 또다시 뛰쳐나올 것이다. 그들은 "출발 시간까지 남은 시간을 죽이기 위해" 강변의 한 카페에 들어갈 것이다. 벌써 어두운 밤.

그들은 거기에서 몇 시간 더 머물 것이다. 그들의 사랑은 다 음날 아침 비행기 출발까지 남은 시간과 반비례하여 점점 커 갈 것이다.

그 카페에서 그녀는 왜 느베르에서 미쳤었는지 그에게 말할 것이다.

그녀는 느베르에서 1944년, 스무 살에 삭발을 당했다. 그녀의 첫사랑은 독일인이었다. 프랑스 해방 때 살해된.

그녀는 삭발당한 채 느베르에서 지하실에 머물러 있었다. 히로시마 사태가 일어났을 때에야 비로소 그녀는 지하실에서 나와 기쁨에 들뜬 군중에 섞일 수 있을 만큼 그럭저럭 흉하지 않은 몰골이 되었다.

이런 개인적 불행을 택한 이유는 무엇인가? 아마 그 불행 역시 절대적인 것이기 때문일 것이다. 조국의 공식적인 적군을 사랑했다고 해서 한 여자애를 삭발하는 것은 절대적으로 끔찍한 짓이자 절대적으로 우매한 짓이다.

호텔 방 장면에서 등장한 적이 있듯이 느베르가 보일 것이다. 그리고 그들은 다시 자신들의 이야기를 할 것이다. 다시 한 번 느베르와 사랑이 뒤얽히고, 히로시마와 사랑이 뒤얽힐 것이다. 모든 것이 미리 생각한 원칙 없이 뒤섞일 것이며, 처음 사랑에 빠진 연인들이 수많은 말을 주고받는 곳이면 어디서나 늘 그렇듯이 이런 저런 이야기들이 서로 섞여 들어가는 형태가 될 것이다.

그녀는 거기에서도 또 떠날 것이다. 그녀는 또다시 그를 피해 도망칠 것이다.

그녀는 호텔로 돌아가 마음을 가라앉히려 애쓸 것이고, 아무리 해도 안 되자 다시 호텔을 나와 카페로 돌아가 보지만 그때 카페는 문이 닫혀 있을 것이다. 그래도 그녀는 그대로 거기 머물러 있을 것이다. 그녀는 느베르의 기억을 (내면 독백), 그러니까 바로 사랑의 기억을 떠올릴 것이다.

그가 그녀의 뒤를 따라와 있다. 그녀가 알아차린다. 그를 바라본다. 그들은 벅찬 사랑 속에서 서로를 바라본다. 아무것도 할 수 없는 사랑, 느베르의 사랑처럼 참수 당한 사랑. 그러므로 벌써 망각 속으로 내몰린 사랑. 그러므로 영원한 사랑. (망각 자체로 인해 영원히 지켜지는 사랑).

그녀는 그에게 가지 않을 것이다.

그녀는 도시를 배회할 것이다. 그리고 그는 모르는 여자 뒤를 따라가듯 그녀를 따라갈 것이다. 어느 순간 그는 그녀에게 다가가 방백처럼 히로시마에 그냥 있어 달라고 말할 것이다. 그녀는 안 된다고 할 것이다. 모든 이들의 거부. 똑같은 비겁함.[1]

그들 사이에 게임은 정말로 끝났다.

그는 고집하지 않을 것이다.

그녀는 천천히 기차역으로 갈 것이다. 그도 그녀가 있는 곳으로 갈 것이다. 그들은 그림자처럼 서로를 바라볼 것이다.

이때부터 서로 한 마디도 할 말이 없다. 이제 잠시 후로 다가온 출발 시간이 그들을 침울한 침묵 속에 못 박아 놓는다.

분명 사랑이다. 그들은 말없이 침묵할 뿐 할 수 있는 것이 없다. 최종 장면은 카페에서 이루어질 것이다. 거기에서 우리는 다른 일본 남자와 함께 있는 그녀를 다시 보게 될 것이다.

그리고 다른 한 테이블에서 우리는 그녀가 사랑하는 사람을 다시 보게 될 것이다. 그는 완전한 부동자세로 그 어떤 반응도 보이지 않은 채 단지 자기 스스로 동의한 절망만을 내보

---

1) 어떤 관객들은 그녀가 '결국' 히로시마에 남는다고 믿었다. 가능하다. 나는 아무런 의견이 없다. 끝내 히로시마에 남기를 거부하는 지점까지 그녀를 밀고 갔으므로 우리는 ─ 영화가 끝난 뒤 ─ 그녀가 거부를 번복하게 됐는지 그리 신경 쓰지 않았다.

일 뿐인데 몸이 그대로 따르지는 못한다. 마치 그녀가 벌써 '다른 사람들' 것이 되어 버린 것 같다. 그리고 그는 그것을 깨달을 수밖에 없다.

새벽에 그녀는 호텔 방으로 돌아갈 것이다. 그는 몇 분 후 문을 두드릴 것이다. 그는 그것을 피할 수 없었을 것이다. "오지 않을 수 없었어요."라고 그는 이유를 댈 것이다.

그다음 호텔 방에서는 아무 일도 일어나지 않을 것이다. 그들은 서로에게 아무것도 할 수 없는 극심한 무력감에 잠길 것이다. 호텔 방, 그들이 이제 다시는 흔들어 놓지 않을 '세상의 질서'가 그들 주위에 남을 것이다.

서로에게 건네는 고백도 없다. 더 이상의 몸짓도.

다만 그들은 또 한 번 서로를 부를 것이다. 뭐라고? 느베르, 히로시마. 사실 그들은 서로에게 아직 아무도 아니다. 그들은 장소를 지칭하는 이름, 장소가 아닌 이름을 가지고 있다. 느베르에서 삭발당한 한 여자의 재앙과 히로시마의 재앙이 정확히 상응하기라도 하는 것처럼.

그녀는 그에게 말할 것이다. "히로시마, 이게 당신 이름이에요."

서문

나는 「히로시마 내 사랑」에서 내가 A. 레네를 위해 했던 작업을 최대한 충실하게 설명하고자 노력했다.

그러므로 A. 레네의 영상이 이 작업에서 사실상 전혀 묘사되지 않는 것에 대해 의아해 하지 않기를 바란다.

내 역할은 레네가 자기 영화를 만들 때 출발점이 되었던 요소들을 설명하는 데 국한된다.

첫 번째 시나리오(1958년 7월)에 포함되지 않았던 느베르 부분은 프랑스 촬영 전(1958년 12월)에 논의되었다. 따라서 그것은 대본과 분리된 별도 작업 대상이다 (부록 중 한밤의 명백한 사실들 참조).

영화에서 사용되지 않고 버려진 몇몇 요소들이 있는데, 애초의 계획을 명확히 해 준다면 그대로 보존해 두는 것이 좋겠다고 생각했다.

나는 우리가, 즉 A. 레네와 내가, 다른 한편으로는 G. 자를로와 내가, 또 다른 한편으로는 A. 레네와 G. 자를로와 나 셋이서 거의 매일 나누었던 대화를 여기에 다 옮겨서 이 책을 완전하게 만드는 작업을 하지 못해 안타까운 마음으로 출판사에 원고를 넘긴다. 나는 그들의 조언 없이는 아무것도 할 수 없었고 모든 에피소드마다 그들에게 먼저 보인 다음 까다롭고도 명석한 수많은 논평을 듣고 나서야 다음 에피소드를 쓰기 시작했다.

마르그리트 뒤라스

1부

　[저 유명한 비키니 섬의 '버섯구름'이 피어오르는 데서 영화가 시작된다.

　관객이 이 '버섯구름'을 본 적이 있는 것 같기도 하고 처음 보는 것 같기도 한 느낌을 받도록 해야 한다.

　구름이 아주 천천히 거대해져 가면서 조반니 푸스코 음악의 첫 소절이 깔린다.

　'버섯구름'이 화면 위로 올라가면서 그 아래로][2] 아무것도 걸치지 않은 두 어깨가 조금씩 모습을 드러낸다.

　화면에는 목 아래부터 둔부까지의 몸통에서 잘린 두 어깨 부분만 보인다.

　두 어깨는 서로 꼭 끌어안고 있고, 재 가루나 비에 젖은 것 같기도 하

---

2) 괄호 [ ] 안의 내용은 영화에서 삭제된다.

고 이슬 혹은 땀 또는 뭐로든 푹 젖은 것 같다.

중요한 것은 [비키니 섬의 '버섯구름']이 점차 멀어지다가 증발하면서 이 이슬방울, 땀방울이 내려앉은 것 같은 느낌을 주는 것이다.

그렇게 해서 서로 아주 상반되는 매우 강렬한 느낌, 서늘함과 뜨거운 욕망이 같이 느껴지게 된다.

끌어안은 두 어깨는 피부색이 서로 달라 하나는 색이 짙고 하나는 옅다.

거의 충격적인 이 포옹 장면에 푸스코의 음악이 깔린다.

두 사람의 손이 분명히 차이 나게 드러나야 한다.

푸스코의 음악이 멀어진다. [아주 크게 확대된] 여자 손이 황색 어깨에 놓여 있는데, 놓여 있다는 표현을 쓰긴 했지만'차라리 박혀 있다고 하는 편이 더 어울릴 것이다.

차분하고 건조한, 낭송하는 듯한 남자 목소리가 말한다.

그

당신은 히로시마에서 아무것도 보지 않았어요. 아무것도.

각자 알아서 사용할 것.

또렷하지 않고 역시 건조한 여자 목소리, 마침표도 없이 책을 낭독하는 듯한 목소리가 대답한다.

그녀

난 전부 다 봤어요. 전부.

다시 푸스코의 음악이 흐른다. 여자 손이 다시 황색 어깨를 꽉 쥐고, 놓아주고, 어루만지고, 하얀 손의 손톱 자국을 남기는 딱 그 시간만큼만.

마치 그 할퀸 자국이 "아니, 당신은 히로시마에서 아무것도 보지 않았어요."라는 말에 대한 처벌이라는 환상이라도 줄 수 있다는 듯이.

그다음 여자 목소리, 차분하고 마찬가지로 낭독하는 듯한 건조한 목소리가 다시 말한다.

그녀

그러니까, 병원도 봤지요. 분명해요. 히로시마에 병원이 있어요. 내가 어떻게 병원을 보지 않을 수 있었겠어요?

극도로 무심하게 카메라에 잡힌 병원, 복도, 계단, 환자들.[3]
화면은 다시 이제는 황색 어깨를 꽉 움켜잡고 있는 손을 비춘다.

---

3) 레네는 처음에 아주 간략했던 대본에다가 일본 자료를 무척 많이 가져다 넣었다. 그래서 원래의 첫 대본은 너무 양이 넘치게 됐을 뿐 아니라 영화 편집 과정에서 수정되고 상당히 다른 내용이 덧붙여졌다.

그

당신은 히로시마에서 병원 같은 건 보지 않았어요. 히로시마에서 당신은 아무것도 보지 않았어요.

그다음 여자의 목소리는 점점 더 무미건조해진다. 한 단어 한 단어를 (따로 떼어) 강조하면서.

박물관의 모습이 화면에 지나간다.[4] 병원에서처럼 눈이 부시고 흉한 조명.

기록물들의 게시판.

폭격의 증거물들.

축소 모형들.

고철 더미들.

밀랍으로 된 불탄 피부, 머리카락들.

등등.

그녀

박물관에 네 번…….

---

4) 부둥켜안은 두 몸이 규칙적으로 화면에 보인다.

그

히로시마에서 무슨 박물관에?

그녀

히로시마에서 네 번 박물관에 갔지요. 사람들이 오가는 걸 봤어요. 사람들은 생각에 잠긴 채, 다른 수가 없으니까 사진과 모형 들을 따라서 지나가더군요, 사진들을 따라서, 다른 수가 없으니 사진과 모형 들을 따라서, 다른 수가 없으니 설명들을 따라서.

히로시마에서 박물관에 네 번.

사람들 모습을 지켜봤어요. 나도 물끄러미 쇳덩이를 쳐다봤지요. 불타 버린 쇳덩이. 조각난 쇠, 살처럼 상처 입기 쉽게 약해진 쇠. 캡슐 다발도 봤어요. 누가 그런 생각을 했을지. 여전히 생생한 고통에 떨며 부유하는, 아직도 살아 있는 사람의 살갗들. 돌. 불타 버린 돌들. 산산조각 난 돌들. 누군가의 머리카락 더미, 히로시마의 여자들이 아침에 깨서 보니 모조리 다 빠져 있던 그 머리카락들.

평화의 광장에 있는데 무척 덥더군요. 평화의 광장 온도가 1만 도였지요. 난 알아요. 평화의 광장 위 태양의 온도. 그걸 어떻게 모르겠어요?…… 풀은, 아주 간단하게…….

그

히로시마에서 당신은 아무것도 보지 못했어요. 아무것도.

  화면에 여전히 박물관의 모습이 지나간다.
  그다음 불에 탄 해골 사진이 나오고, (이 해골에 이어서) 평화의
광장이 보인다.
  불에 탄 마네킹들이 있는 박물관 진열장들.
  히로시마에 대한 (재현) 일본 영화들의 몇몇 장면들.
  머리가 산발인 남자.
  한 여자가 그 아비규환에서 빠져나오고, 등등.

그녀

최대한 사실에 가깝게 재현해 놓았더군요.
최대한 사실에 가깝게 영화들을 만들었어요.
어찌나 감쪽같이 사실처럼 꾸며 놨던지 관광객들이 울더라
고요.
비웃을 수도 있겠지만 관광객이 그거 말고, 그러니까 우는
거 말고 뭘 할 수 있겠어요?

그녀

[그저 눈물이나 흘리면서 그 끔찍한 광경을 견뎌내는 것 외

에……. 그리고 충분히 애통해 하며 그 광경에서 빠져나와 정신을 수습하는 것 외에.]

그녀

[거기에서 사람들은 생각에 잠겨 있었어요. 그리고 이건 전혀 비꼬는 게 아닌데, 사람들을 생각에 잠기게 만든다는 건 언제나 아주 좋은 일임에 틀림없겠죠. 그리고 기념물이란 게 좀 우습긴 해도 그런 상황을 만들기 제일 좋은 구실이라 할 수 있겠고…….]

그녀

[생각하게 만드는 그런 상황들을……. 보통은 생각할 상황이 주어지면…… 그런 호사스러운 기회가 와도…… 그래요, 우리는 아무 생각도 하지 않아요. 그렇다 하더라도 뭔가를 생각하고 있는 사람들 광경은 고무적인 법이죠.]

그녀

히로시마의 운명을 늘 애통해 해왔어요. 늘.

폭탄 투하 이후 찍은 히로시마 사진, 이 세상 다른 사막들과 조금도 비슷한 데가 없는 '새로운 황무지'의 파노라마 촬영.

그

아뇨.

당신이 뭘 애통해 했을까?

화면 위로 평화의 광장이 지나간다. 폭탄 폭발을 떠올리게 하는 강렬한 햇빛 아래 광장은 텅 비어 있고 작열하는 빛이 눈을 찌른다. 그리고 이 텅 빈 광장 장면에서 다시 한 번 남자의 목소리.

텅 빈 광장에 사람들이 지나다닌다. (13시?)

1945년 8월 6일 이후 찍은 당시 뉴스 필름들.

개미, 벌레들이 땅에서 기어 나온다.

두 사람 어깨가 번갈아 계속 보인다. 이제 광기 어린 여자 목소리가 다시 들리고, 그와 동시에 화면 속 장면들 역시 광기를 띠면서 펼쳐진다.

그녀

당시 뉴스를 봤어요.

둘째 날, 역사에 그렇게 돼 있다더군요, 내가 지어낸 게 아니에요, 바로 둘째 날부터 틀림없는 동물류가 깊은 땅속과 잿더미를 헤치고 기어 나왔대요.

개들 사진이 찍혔어요.

없어지지 않을 거예요.

그 사진들을 봤어요.

당시 뉴스를 내가 봤다고요.
사진들을 봤어요.
첫째 날의.
둘째 날의.
셋째 날의.

                        그 (그녀의 말을 끊으며)

당신은 아무것도 보지 못했어요. 아무것도.

                                다리가 잘려나간 개.
                                사람들. 어린아이들.
                                상처들.
                                화상을 입고 울부짖는 아이들.

                        그녀

……또 열다섯째 날의.
꽃이 펴서 다시 히로시마를 뒤덮었지요. 그때까지 꽃에게
서 한 번도 본 적 없던 엄청난 생명력으로 수레국화와 글라디
올러스, 볼루빌리스, 수선화들이 잿더미에서 다시 피어나 온
통 꽃 천지가 된 거예요.[5]

---

5) 이 문장은 허시(Hershey)가 히로시마에 대한 훌륭한 르포에서 쓴 문장 거의 그대로이다. 나

그녀

지어낸 건 아무것도 없어요.

그

전부 다 당신이 지어낸 거예요.

그녀

아무것도.

사랑에 빠지면 사람들은 절대 잊지 않으리라는 환상, 그런 환상을 갖게 되잖아요, 그런 것처럼 나도 히로시마를 보면서 결코 절대 잊지 못하리라는 환상에 빠졌어요.

사랑에 빠졌을 때처럼.

안구 적출을 위해 외과용 핀셋들이 눈으로 다가간다.

시사 뉴스가 계속 이어진다.

는 단지 수난을 겪은 아이들에 대한 것으로 옮겨 놓기만 했다.

그녀

생존자들도 봤고, 히로시마 여자들의 배 속에서 살아남은 태아들도 봤어요.

예쁜 아이 하나가 우리 쪽을 돌아본다. 그러자 그 아이 눈이 하나밖에 없는 것이 보인다.
화상을 입은 아가씨가 거울을 들여다본다.
손이 뒤틀린 다른 맹인 아가씨가 기타를 연주한다.
한 여자가 죽어 가고 있는 자식들 옆에서 기도하고 있다.
한 남자가 몇 년째 잠을 못 자서 죽어 가고 있다. (일주일에 한 번 누가 그에게 아이들을 데려다준다.)

그녀

잠정적으로 살아남은 히로시마 사람들이 얼마나 끈기 있게, 순진무구하게, 조용하게, 그 부당한 운명에 적응하는지 봤어요. 얼마나 말도 안 되게 부당했으면 그들에겐 상상조차 차단됐을까요, 상상이란 원래 무궁무진한 건데.

다시 화면은 꼭 부둥켜안은 두 사람의 몸으로 돌아온다.

그녀 (작은 소리로)

내 말 좀 들어봐요…….
난 알아요…….
다 안다고요…….
그러고도 계속이었죠.

그

아무것도. 당신은 아무것도 몰라요.

　원자핵 구름.
　돌고 있는 아토미움.
　거리의 사람들이 빗속을 걷고 있다.
　방사능에 피폭된 어부들.
　먹을 수 없는 생선 한 마리.
　먹을 수 없는 매장된 생선 수천 마리.

그녀

　여자들이 아픈 아기들, 기형아를 낳게 될 텐데, 그래도 계속
이에요.
　남자들이 불임이 될 텐데, 그래도 계속이에요.
　비가 무서워지죠.

태평양 바닷물에 비처럼 내리는 재.

태평양 바닷물이 생명을 앗아가요.

태평양 어부들이 죽었어요.

음식이 무서워져요.

한 도시 전체의 음식을 내버려요.

온 도시들이 전부 음식을 파묻어요.

한 도시 전체가 분노해요.

온 도시들이 전부 분노해요.

뉴스 장면 : 여러 가지 시위

그녀

누구를 향해서죠? 이 모든 도시들의 분노는?

어찌 되었든 그건 어떤 불평등을 향한 분노예요. 어떤 국민에 의해 다른 국민에게 원칙상 상정된 불평등, 어떤 인종에 의해 다른 인종에게 원칙상 상정된 불평등, 어떤 계층에 의해 다른 계층에게 원칙상 상정된 불평등에 대한 분노.

시위 행렬.

누군가 확성기를 통해 연설을 하는데 "들리지는 않는다."

그녀 (작은 소리로)

이봐요…….
당신처럼 나도 잊는다는 게 뭔지 알아요.

그

아니, 당신은 잊는다는 게 뭔지 모릅니다.

그녀

당신처럼 나도 기억이라는 게 있어요. 잊는다는 게 뭔지 안
다고요.

그

아니, 당신은 기억이 없어요.

그녀

당신처럼 나도 잊지 않으려고 온 힘을 다해 싸웠어요. 당신
처럼 나도 잊었지요. 당신처럼 나도 언제까지나 애통해하며
기억하고 싶었고 망령들과 비석을 기억하고 싶었어요.

히로시마의 한 망자의 비석 위에 드리운 그림자를 '촬영한 영상'.

그녀

나로서는 온 힘을 다해 매일 싸웠다고요. 기억해야 하는 이유가 다 뭐였는지 더 이상 하나도 생각나지 않게 되는 그 끔찍한 망각에 맞서서 말이에요. 당신처럼 나도 잊었어요…….

상점들 안에 산업 장려관 축소 모형 수천 개가 진열되어 있다. 산업 장려관은 원폭 이후 골조가 뒤틀린 채 서 있는 유일한 기념물로 폭파 이후 그대로 보존되어 있다.
버려진 상점.
일본 관광객들을 태운 버스.
관광객들, 평화의 광장.
평화의 광장을 가로질러 가는 고양이.

그녀

명백한 기억의 필연성을 왜 부인하지요?

산업 장려관의 골조 단면들이 화면에 비춰지는 모습에 따라 박자를 맞춘 문장.

그녀

저기요…… 이것도 알아요. 또 반복될 거라는 것.

사망자 20만 명.

부상자 8만 명.

구 분 만에. 공식 수치가 그래요. 또 반복될 거예요.

> 나무들.
>
> 교회.
>
> 회전목마.
>
> 재건된 히로시마. 평범한 모습.

그녀

지상 온도가 1만 도에 이를 거예요. 만 개의 태양이 있는 것 같겠죠. 아스팔트가 타오를 거예요.

> 교회.
>
> 일본 광고전단.

그녀

엄청난 혼란에 빠지게 될 거예요. 도시 하나가 통째로 땅 위에 솟아올랐다가 재가 되어 떨어질 테니…….

모래. '평화' 담뱃갑. 모래에 거미처럼 펼쳐진 두툼한 이파리의
식물.

그녀

모래에서 새로운 식물들이 올라오고…….

'죽은' 학생 네 명이 강가에서 이야기를 나눈다.
강.
조류.
재건된 히로시마의 평범한 강둑.

그녀

……학생들 네 명이 우정 어린 전설적 죽음을 기다리고 있
네요.
오타 강 하구 삼각주의 지류 일곱 줄기는 늘 같은 시간에 물
이 빠지고 다시 들어오죠. 시간과 계절에 따라 어떤 때는 차갑
고 물고기가 많은 강물, 어떤 때는 잿빛 강물, 어떤 때는 파란
강물로 늘 똑같은 시간에 말이에요. 사람들은 진흙 제방을 따
라 천천히 올라오는 오타 강 하구 삼각주의 일곱 줄기 물길을
이제 더 이상 바라보지 않아요.

낭송하는 듯한 목소리가 멈춘다.

히로시마의 거리들, 다시 또 거리들. 다리들.

지붕이 덮인 통행로들.

거리들.

교외. 철도 레일.

교외.

세상 어디에나 있는 평범한 풍경.

그녀

……당신을 만나요.

당신이 기억나요.

당신은 누구죠?

죽을 것 같아.

아, 좋아요.

이 도시가 사랑하기 좋은 곳이라는 걸 어떻게 알았겠어요?

당신 몸이 내 몸에 이렇게 꼭 맞는다는 걸 어떻게 알았겠어요?

당신이 좋아. 어떻게 이런 일이. 당신이 좋아요.

아, 갑자기 이렇게 천천히.

부드러워라.

당신은 모를 거야.

죽을 것 같아.

아, 좋아요.

죽을 것 같아.

아, 정말 좋아.

천천히.

제발.

나를 삼켜 버려요.

나를 보기 싫게 망가뜨려요.

당신이 못할 게 뭐야?

다른 날과 구분도 안 되는 이 밤, 이 도시에서 당신이 못할
게 뭐예요?

제발…….

　　매우 다정한 표정의 여자 얼굴이 남자의 얼굴 쪽으로 불쑥 나
타난다.

그녀

어떻게 피부가 이렇게 아름다울까.

쾌락에 겨운 남자의 신음 소리.

그녀

당신…….

　　여자의 얼굴 다음 일본 남자의 얼굴이 나타난다. 여자의 얼굴은

말하다 말고 황홀경의 웃음을 웃고 (터뜨리고) 있는 모습이다. 그가
돌아본다.

그

나야, 맞아. 내가 보일 거예요.

　　두 나신이 나타난다. 아주 흐릿하지만 이번에는 낭독하는 어조
는 아닌 동일한 여자 목소리.

그녀

당신 완전 일본인이에요 아니면 완전히 일본인은 아니에요?

그

백 퍼센트 일본인이죠.

그

당신 눈은 초록색이군. 그렇죠?

그녀

아, 그럴 거예요……, 그래요…… 초록색인 것 같아요.

　　　　그가 그녀를 바라본다. 조용히 자기 생각을 말한다.

그

당신은 천 명의 여자들이 함께 있는 것 같아.

그녀

나를 모르기 때문이에요. 그래서 그런 거예요.

그

꼭 그것 때문만은 아닐 거예요.

그녀

나쁘지 않네요, 당신에게 내가 동시에 천 명의 여자라는 게.

　　그녀는 그의 어깨에 입을 맞추고 머리를 누인다. 그녀의 얼굴은
열린 창문 쪽으로, 깊은 밤 히로시마를 향해 있다. 한 남자가 지나

가고 기침을 한다. (사람은 보이지 않고 소리만 들린다). 그녀가 일어
선다.

그녀

저 소리…… 4시네요…….

그

왜요?

그녀

누군지는 몰라요. 매일 4시에 지나가요. 그리고 기침을 해요.

침묵. 서로 바라본다.

그녀

당신도 여기 히로시마에 있었어요?

어린애 같은 말에 응대하듯 그가 소리 내어 웃는다.

그

물론 아니지…….

그녀는 다시 한 번 그의 맨 어깨를 쓰다듬는다. 정말로 아름답고
흠 하나 없는 어깨이다.

그녀

아. 맞아요. 내가 바보예요.

그녀는 거의 미소를 머금은 듯하다.
그는 갑자기 심각한 표정으로 그녀를 바라보고 머뭇머뭇하다가
결국 그녀에게 말한다.

그

내 가족, 내 가족은 히로시마에 있었죠. 난 전쟁을 하고 있
었어요.

그녀는 어깨를 쓰다듬던 손길을 멈춘다.
그녀가 미소를 지으며 이번에는 수줍게 묻는다.

그녀

다행이었죠?

그는 그녀에게서 시선을 돌리고, 그런지 아닌지 생각해 본다.

그

그래요.

그녀가 매우 상냥하게, 하지만 분명한 어조로 덧붙인다.

그녀

나한테도 다행이고.

잠시 후

그

당신은 왜 히로시마에 왔어요?

그녀

영화 때문에.

그

영화?

그녀

영화에 출연해요.

그

그럼 히로시마에 오기 전에는 어디 있었어요?

그녀

파리에.

다시 잠시 후. 좀 더 길게.

그

그럼 파리 전에는……?

그녀

파리 전에는? ……느베르에 있었죠. 느-베르.

그

느베르?

그녀

니에브르에 속한 곳이에요. 당신은 몰라요.

　잠시 후. 남자는 마치 히로시마-느베르의 관계를 막 발견하기라
도 한 듯 묻는다.

그

그러면 히로시마에서 모든 걸 다 보고 싶어 한 건 왜죠?

그녀는 성실하게 답하려고 노력한다.

그녀

궁금했어요. 내 생각에는 말이죠. 그러니까, 있잖아요, 잘 들여다보면 알게 되는 것 같아요.

2부

거리에 프리휠 자전거 무리가 지나가면서 소리가 커졌다가 작아
진다.

그녀는 호텔 방 발코니에 목욕 가운 차림으로 서 있다. 그를 바라본
다. 손에는 커피 잔을 들고 있다.

그는 아직 자고 있다. 두 팔을 벌리고 엎드린 자세. 허리까지 벗은
모습.

[커튼 틈으로 햇빛 한 줄기가 새어 들어와 그의 등에 열십자 같은
(또는 타원형 점 같은) 무늬를 만든다.]

아이들이 잠결에 가끔 그러듯 그의 두 손이 파르르 떨리고 여자는
그 손을 이상할 만큼 뚫어져라 쳐다본다. 아주 근사하고 남성적인 손
이다.

그녀가 손을 쳐다보는 사이 갑자기 주인공 일본 남자 대신 한 젊은
남자의 몸이 나타나는데, 작렬하는 햇볕 아래 강둑에 같은 자세로 누

워 있지만 이 사람은 죽어 가고 있다. (호텔 방은 어두침침하다). 이 젊은 남자는 죽어 간다. 그의 손도 아주 근사하고 놀랍도록 그 일본 남자 손과 닮았다. 손이 최후의 경련을 일으킨다. [한 아가씨가 그 남자 몸에 엎드린 채 키스를 하고 있기 때문에 남자가 입고 있는 옷은 보이지 않는다. 그녀의 눈에서 흐르는 눈물이 그의 입에서 흐르는 피와 하나로 섞인다.]

[여자 — 이 장면의 여자 — 는 눈을 감고 있다. 반면 그녀 아래 남자는 눈을 부릅뜬 채 임종을 맞는다.]

이 장면은 아주 잠깐 나오고 지나간다.

그녀는 창에 기댄 채 꼼짝하지 않고 서 있다. 그가 잠을 깬다. 그가 그녀에게 미소를 짓는다. 그녀는 곧바로 그에게 미소 짓지 않는다. 그녀는 같은 자세로 계속 그를 바라본다. 그러고 나서 그에게 커피를 가져다 준다.

그녀

커피 마실래요?

그는 그러겠다고 한다. 잔을 받아든다. 잠시 후.

그녀

무슨 꿈을 꾸고 있었어요?

그

생각이 안 나는데……. 왜요?

그녀는 다시 원래대로 아주 상냥한 모습으로 돌아간다.

그녀

당신 손을 보고 있었어요. 자면서 손이 움직이던데요.

그는 놀라며 자기 손을 쳐다보고, 손가락들을 움직여 볼 수도 있겠다.

그

꿈꿀 때 자기도 모르게 그럴 수 있겠지요.

그녀는 조용히, 온화하게 그럴 것 같지 않다는 몸짓을 한다.

그녀

에이.

그들은 호텔 방 욕실 샤워기 아래 함께 서 있다. 즐거운 모습이다.

그는 그녀의 이마에 손을 얹어 머리를 뒤로 젖힌다.

그

당신은 아름다운 여인이에요, 알아요?

그녀

그래요?

그

그래요.

그녀

좀 피곤해 보이죠. 아니에요?

그는 그녀의 얼굴을 잡고 일그러뜨린다. 소리 내 웃는다.

그

좀 못생겼네.

그의 손길을 받으며 그녀가 미소 짓는다.

그녀

그래도 괜찮아요?

그

어제 저녁 카페에서 바로 그걸 발견했죠. 당신이 어떻게 못생겨지는지. 그리고…….

그녀, 아주 편안하게

그리고……?

그

그리고 당신이 어떤 식으로 지루해하는지.

그녀가 그에게 무슨 말인지 알고 싶다는 몸짓을 한다.

그녀

더 말해 봐요…….

그

　　남자들이 한 여자에 대해서 알고 싶어지게 만드는 식으로
지루해하고 있었죠.

　　　　　　　　　여자가 미소를 짓고 눈길을 아래로 떨군다.

그녀

　　프랑스어를 참 잘 하네요.

　　　　　　　　　　　　　　　명랑한 어조로

그

　　그렇죠? 당신이 마침내 내가 프랑스어를 잘한다는 걸 알아
보니 기분 좋네요.

　　　　　　　　　　　　　　　잠시 후

그

　　그런데 나는 당신이 일본어를 못한다는 걸 떠올리지도 못
했네…….

무언가가 늘 같은 방향으로만 사람들 눈에 뜨인다는 것, 당신은 눈치챘어요?

그녀

아뇨. 난, 당신이 내 눈에 띄었을 뿐이에요.

웃음.

목욕 후. 그녀는 머리가 젖은 채로 사과를 베어 먹고 있다. 목욕가운 차림.

발코니에 서서 그를 바라보고, 기지개를 켜고, 현재 상황을 분명히 밝히기라도 하려는 것처럼 단어 하나하나를 '황홀하게 음미하듯' 천천히 말한다.

그녀

히로시마에서 서로 알게 된다는 것. 흔한 일은 아니지요.

그가 그녀 곁 발코니에 와서 마주보고 앉는데 이미 옷을 입고 있다. (목 단추는 채우지 않은 셔츠 차림.)

잠시 머뭇거리다가 묻는다.

그

프랑스에서 당신에게 히로시마는 뭐였어요?

그녀

전쟁의 끝, 그러니까, 완전한 끝이요. 사람들이 그런 일을 감히 하려 들었다는 게…… 경악스럽고…… 그 일을 정말 해냈다는 게 경악스러웠어요. 그리고 또 우리에게는 알 수 없는 공포의 시작이기도 했죠. 그리고 또 무관심, 무관심에 대한 공포이기도…….

그

당신은 어디 있었어요?

그녀

느베르를 막 떠난 참이었어요. 파리에 있었죠. 거리에.

그

느베르, 예쁜 프랑스어군요.

여자는 금방 답하지 않는다.

그녀

그냥 다른 말이나 똑같은 단어예요. 그 도시도 그렇고.

그녀가 물러난다.

그는 침대에 앉아 담배를 피우고 그녀를 뚫어지게 바라본다.
[옷을 입는 그녀의 그림자가 가끔씩 남자 위로 스쳐간다. 다시
그렇게 스치는 순간.] 그가 묻는다.

그

히로시마에서 일본 남자들 많이 사귀었어요?

그녀

아, 여러 사람 만났죠, 그래요⋯⋯ 그런데 당신 같은 사람
은⋯⋯ (분명하게) 아뇨⋯⋯.

그가 미소 짓는다. 유쾌한 분위기.

                    그

일본 남자는 내가 처음이에요?

                    그녀

네.

　　그녀의 웃음소리가 들린다. 화장을 하다가 다시 나타나 (또박또
박 아주 분명하게) 말한다.

                    그녀

히-로-시-마. [나는 눈을 감아야 기억이 나요……. 그러니
까, 여기 오기 전에 내가 프랑스에서 히로시마를 어떻게 기억
했는지 기억하려면 말이에요. 기억이란 늘 그렇죠.]

                              그는 조용히 눈길을 아래로 떨군다.

                    그

　온 세상이 기쁨으로 가득했죠. 당신도 온 세상과 더불어 기
뻐했겠고.

남자가 같은 어조로 계속 말한다.

그

그날 파리는 아주 화창한 여름날이었다던데, 그렇죠?

그녀

그래요. 날씨가 좋았어요.

그

그때 몇 살이었어요?

그녀

스무 살. 당신은?

그

스물두 살.

                    그녀

같은 나이였네 뭐.

                    그

그런 셈이네.

    옷을 다 입고 머리의 간호사 캡을 매만지며 그녀가 모습을 나타
낸다.(적십자사 간호사로 출연하고 있으므로.) 그녀는 갑자기 그의
곁에 몸을 웅크리거나 또는 눕는다.
    그녀는 그의 손을 만지작거린다. 그의 팔 맨살에 입을 맞춘다.
    평범한 대화를 나눈다.

                    그녀

무슨 일 해요?

                    그

건축. 그리고 정치.

그녀

아, 그래서 프랑스어를 그렇게 잘하는군요?

그

그렇지. 프랑스 대혁명 책을 읽으려고.

같이 소리 내 웃는다.

그녀는 놀라지 않는다. 그가 어떤 정치를 하는지 분명히 설명하면 즉시 어떤 쪽으로 분류돼 버릴 것이므로 절대 불가하다. 뿐만 아니라 그런 설명은 너무 순진한 것일 수도 있다. 잊지 말아야 할 것은, 좌파만이 이 남자처럼 말할 수 있다는 것.

관객이 즉각 그렇게 받아들일 수 있도록 할 것. 특히 남자가 히로시마에 대해 이야기를 하고 난 후.

그

당신이 찍고 있는 영화가 어떤 영화예요?

그녀

평화에 관한 거죠.
히로시마에서 평화에 관한 영화가 아니면 뭘 찍겠어요?

자전거 한 무리가 요란하게 지나간다. [그들에게 다시 욕망이 일어난다.]

그

다시 만나고 싶어요.

그녀가 안 된다는 몸짓을 한다.

그녀

내일 이 시간이면 난 프랑스로 떠났을 거예요.

그

정말? 그런 말 한 적 없잖아요.

그녀

정말이에요. (잠시 후) 당신에게 그 말을 할 필요가 없었어요.

그는 아연실색하며 심각해진다.

그

어젯밤 나를 당신 방에 올라오게 한 게 그래서입니까? ……
히로시마에서의 마지막 날이어서?

그녀

그건 아니에요. 그런 생각은 떠오르지도 않았어요.

그

당신 말을 듣고 있으면 이게 거짓말인가 정말인가 혼자 묻
게 돼요.

그녀

난 거짓말을 해요. 그리고 진실을 말해요. 하지만 당신한테
거짓말을 할 이유는 없어요. 왜, 무엇 때문에……?

그

그럼…… 그러니까…… 이런 일이 자주 생기나요?

그녀

그렇게 자주는 아니에요. 하지만 생기기는 하죠. 난 남자들이 좋아요…….

잠시 후

그녀

있잖아요, 난 도덕관념이 좀 의심스러운 사람이거든요.

그녀가 미소를 짓는다.

그

뭘 가지고 도덕관념이 의심스럽다고 하는 거죠?

매우 가벼운 어조로.

그녀

다른 사람들의 도덕을 의심하는 것.

그가 많이 웃는다.

그

다시 만나고 싶어요. 비행기가 내일 아침 출발한다고 해도.
도덕관념이 의심스러운 사람이라고 해도.

잠시 후. 사랑이 돌아오는 만큼의 시간.

그녀

안 돼요.

그

왜죠?

그녀

왜냐하면. (짜증스럽게)

그는 더 말이 없다.

그녀

이제 나랑 말도 하지 않을 거예요?

그, 잠시 가만히 있다가

다시 만나고 싶어요.

    그들은 호텔 복도에 있다.

그

프랑스 어디로 갑니까? 느베르로?

그녀

아뇨. 파리로. (잠시 후) 느베르엔 이제 다시는 가지 않아요.

그

다시는?

그녀는 이 말을 하면서 얼굴을 찌푸린다.

그녀

다시는.

다음 중 선택.

[느베르는 나를 아프게 하는 도시예요.]

[느베르는 내가 이제 좋아하지 않는 도시예요.]

[느베르는 내게 두려움을 주는 도시예요.]

그녀는 자기 이야기에 빠져서 덧붙인다.

그녀

내 인생에서 가장 젊음으로 넘쳤던 시절이 느베르에서였지요…….

그

느-베르-에서-젊음으로 넘쳤던.

그녀

그래요. 느베르에서 젊음으로 넘쳤죠. 그리고 느베르에서 한때 미쳤고.

그들은 호텔 앞에서 왔다갔다 서성인다. 그녀는 평화의 광장으로 가는 차를 기다리고 있다. 사람들이 거의 없다. 그런데 차들이 멈추지 않고 지나가 버린다. 대로변이다.

자동차 소리 때문에 거의 소리를 지르는 듯한 대화.

그녀

느베르는 말이에요, 이 세상의 도시고, 밤이면 내 꿈에 제일 많이 나오기까지 해요. 내가 이 세상에서 제일 생각하지 않는 데가 거기인데 말이에요.

그

느베르에서 당신의 광기는 어떤 거였어요?

그녀

있잖아요, 광기는 통찰력하고 비슷해요. 뭐라고 설명할 수가 없어요. 딱 통찰력처럼 말이에요. 그냥 불쑥 우리를 찾아와 온몸을 가득 채우는데, 그러면 그냥 알게 돼요. 하지만 언젠가 그것이 사라지면 그게 뭐였는지 전혀 모르게 되는 거죠.

그

아주 악독하게 굴었나요?

그녀

　바로 그거였어요, 내 광기가. 난 아주 사납게 미쳐 날뛰었죠. 아예 전문적으로 악독하게 구는 길로 나갈 수도 있을 것 같았어요. 악독하게 구는 것 말고는 난 아무것도 관심 없었어요. 이해하겠어요?

그

그래요.

그녀

와 정말, 당신은 그것까지도 이해해야만 하는군요.

그

또 그런 적은 없었나요?

그녀

네. (아주 작은 소리로) 그게 끝이었어요.

그

전쟁 중에?

그녀

직후에.

잠시 후

그

전쟁이 끝나고 프랑스에서 삶이 힘들어진 이유이기도 한가
요?

그녀

그렇죠, 그렇게 말할 수 있겠네요.

그

언제 그게, 광기가 당신한테서 빠져나갔죠?

할 수 없이 말해야 하듯 너무 작은 소리로.

그녀

조금씩 천천히 그렇게 지나갔어요. 그리고 아이들이 생기고 나서는…… 자연히…….

자동차들 소리가 대화의 심각성과 반비례해서 커졌다 줄어들었다 한다.

그

뭐라고요?

말이 나오지 않는 것처럼 억지로 외침.

그녀

조금씩 천천히 그렇게 지나갔다고요. 그리고 아이들이 생기고 나서는…… 자연히…….

그

언제 당신하고 어디서 며칠 같이 있고 싶어요.

그녀

나도요.

그

　오늘 또 보는 건 다시 만나는 게 아니에요. 그렇게 금방 다시 보는 건 누구를 다시 만난다고 할 수 없어요. 정말 다시 만나고 싶어요.

그녀

안 돼요.

　그녀는 그 앞에 멈춰 서서 고집스럽게 미동도 없이 입을 다물고 있다.
　그는 거의 받아들인다.

그

알았어요.

　그녀가 웃는다. 약간 꾸며 낸 웃음.
　그녀는 살짝, 하지만 진짜 화난 기색을 비친다.

택시가 도착한다.

그녀

내가 내일 떠난다는 거 알잖아요.

그는 그녀와 같이 웃지만 덜 웃는다. 잠시 후.

그

그것 때문일 수도 있겠죠. 하지만 그건 이유 중 하나 아닌가요? 이제 몇 시간 후면 영원히…… 당신을 볼 수 없다고 생각하면…….

차가 와서 교차로에 멈춰 섰다. 그녀가 곧 간다는 표시를 한다. 그녀는 서두르지 않고, 일본 남자를 바라보고 말한다.

그녀

안 돼요.

그의 시선이 그녀를 따른다. 미소를 띨 수도 있다.

3부

오후 4시, 히로시마 평화의 광장. 카메라와 프로젝터, 반사판을 든 영화 기술자들이 화면에서 멀어져 간다. 영화의 마지막 시퀀스 배경 으로 쓰인 공식 행사 단상을 일본인 인부들이 해체하고 있다.

다음 사항에 반드시 주의할 것. 멀리 기술자들 모습은 계속 보이게 하고, 그들이 히로시마에서 무슨 영화를 촬영하는지는 전혀 알 수 없 게 한다. 해체 중인 영화 세트만 보일 뿐이다. [기껏해야 제목 정도나 알 수 있을 것이다.]

영화 세트 작업자들이 "절대로 다시는 히로시마를"이라고 일본어, 프랑스어, 독일어 등 여러 언어로 쓰인 플래카드들을 들고 지나간다.

그러니까 그들은 공식 행사 단상을 해체하고 플래카드들을 떼어내 는 작업을 하고 있다. 영화 세트에 프랑스 여자 모습이 다시 보인다. 그녀는 자고 있다. 간호사 캡이 반쯤 흐트러져 있다. [영화에 쓰인 거 대한 플래카드가 걸린 기둥에] [무언가에 또는 단상 그늘에] 머리를 기댄 채 몸을 길게 누이고 있다.

히로시마에서 평화에 대한 교훈적인 영화를 막 촬영한 참이라는 것을 알게 된다. 꼭 우스꽝스러울 것은 없고 단지 교훈적인 영화일 따름이다. 영화 촬영이 방금 끝난 광장 옆으로 사람들 무리가 지나간다. 사람들은 아무 관심이 없다. 아이들 몇을 빼고는 아무도 쳐다보지 않는다. 히로시마에서는 이 도시에 대한 영화를 찍는 일이 빈번해서 사람들에게 아주 익숙한 광경이다.

그러는 가운데 한 남자가 지나가다 멈춰 서고 앞을 바라본다. 우리가 조금 전에 프랑스 여자가 묵고 있는 호텔 방에서 보았던 그 사람이다.

그 일본 남자는 간호사에게 다가가 잠든 모습을 바라본다. 그 시선은 오래도록 그녀 위에 머문 다음 결국 그녀를 잠에서 깨어나게 만든다.

이 장면이 지속되는 동안 멀리 몇몇 소소한 배경들이 보일 수 있다. 예를 들면 산업 장려관 모형, [일본인 관광객들에게 둘러싸인 안내원], [몸을 내밀고 구걸하는 흰옷 차림의 상이군인 두 사람], [골목에서 이야기하고 있는 가족]······.

그녀가 깨어난다. 피곤이 사라진다. 장면은 곧바로 그들의 사적인 이야기로 돌아간다. 이 사적인 이야기는 필연적으로 역사를 증언하는 히로시마 이야기보다 늘 우위에 놓일 것이다.

그녀는 일어나서 그에게 간다. 그들은 과하지 않게 웃음을 보인다. 그다음 다시 심각해진다.

그

히로시마에서 당신을 찾기는 쉽네요.

그녀는 행복하게 웃는다.

잠시 후. 그는 다시 그녀를 바라본다.

크게 확대된 사진을 든 인부 두 명 또는 네 명이 그들 사이로 지나간다. 사진은 "히로시마의 아이들" 중 한 장면, 연기가 피어오르는 히로시마의 폐허 속, 죽은 어머니와 울고 있는 아이를 보여 주고 있다. 그들은 그 사진을 쳐다보지 않는다. 또 다른 사진, 혀를 쑥 내민 아인슈타인이 지나간다. 아이와 어머니 사진 바로 뒤를 따라간다.

그

프랑스 영화인가요?

그녀

아뇨. 다국적 영화예요. 평화에 대한.

그

다 끝났나 봐요.

그녀

네, 나한테는 끝났어요. 이제 군중 장면들을 찍을 텐데…….
비누 광고 촬영도 많고. 그러니까…… 마침내…… 그런 셈이죠.

그는 아주 단호하게 자기 의견을 말한다.

그

그렇군요, 마침내. 여기 히로시마에서는 평화에 대한 영화를 우습게 여기지 않지요.

그가 그녀 쪽을 돌아본다. 사진들이 다 지나갔다. 그들은 본능적으로 서로 다가선다. 그녀는 자는 사이 흐트러진 간호사 캡을 고쳐 쓴다.

그

피곤해요?

그녀는 상당히 도발적이면서 동시에 다정한 시선으로 그를 바라본다. 고통스럽게, 또렷하게 미소를 지으며 말한다.

그녀

당신처럼.

그는 오해의 여지없이 확실하게 그녀를 응시하며 말한다.

그

프랑스의 느베르 생각을 했어요.

그녀가 미소 짓는다. 그가 덧붙여 말한다.

그

당신 생각을 했지요.

그가 다시 덧붙인다.

그

당신 비행기, 그대로 내일인가요?

그녀

그대로 내일이에요.

그

꼭 내일이어야 해요?

그녀

네. 영화가 늦어졌어요. 벌써 한 달 전부터 파리에서 다들 나를 기다리는걸요.

그녀가 그를 똑바로 쳐다본다.

그가 천천히 그녀의 간호사 캡을 벗긴다. (그녀의 얼굴은 아주 하얗게 분장돼 있고 입술 색이 너무 어두워서 검은색으로 보일 수도 있다. 아니면 파우더를 아주 얇게, 햇빛 아래 보면 탈색된 것같이 살짝 바를 수도 있다.)

그의 몸짓은 매우 유연하고 상대와 조화를 이룬다. 첫 장면에서처럼 에로틱한 충격이 느껴질 것이다. 그녀는 전날과 같이 헝클어진 머리로 침대에서 모습을 보인다. 그리고 그녀는 그가 캡을 벗기게 가만히 있고, 전날 밤 그래야 했던 것처럼 사랑의 행위에 몸을 맡긴다. (여기에서 그에게 에로티시즘을 이끄는 역할을 부여할 것.)

그녀는 눈을 아래로 뜬다. 왠지 시무룩하다. 발로 바닥의 무언가를 자꾸 건드린다.

그녀가 다시 눈을 들어 그를 본다. 그가 매우 느리게 말한다.

그

당신을 보면 너무나 안고 싶어져요.

그녀는 바로 대답하지 않는다. 그의 말에 와락 마음이 흔들려 그

녀는 눈길을 떨군다. 평화의 광장 고양이가 그녀 발치에서 장난을
하고 있는 것일까? 그녀는 눈길을 떨군 채 역시 매우 느리게 (똑같
이 느리게) 말한다.

그녀

우연히 마주친…… 사랑이라는 게……. 뭐…… 항상…….
나도 당신처럼…….

　그들 사이로 뭔지 알 수 없는 이상한 물체가 지나간다. 나무들
같은데 (아토미움?) 형태는 아주 뚜렷하지만 용도는 전혀 알 수 없
다. 그들은 그것을 쳐다보지 않는다. 그가 말한다.

그

아니. 항상 이렇게 강렬하게는 아니죠. 당신도 알잖아요.

　멀리서 외침 소리가 들려온다. 그다음 아이들의 노랫소리. 그렇
다고 그들의 주의가 흐트러지지는 않는다.
　그녀는 알 수 없는(음탕한이라는 말이 맞겠다.) 일그러진 표정을
짓는다. 그녀는 눈을 다시 위로, 이번에는 하늘을 향해 올려 뜬다. 그
리고 이마에 흐르는 땀을 닦으며 다시 한 번 알 수 없는 말을 한다.

그녀

밤이 되기 전에 폭풍우가 휘몰아칠 거래요.

    그녀가 바라보는 하늘이 보인다. 구름이 흘러가고…… 노랫소리가 점점 뚜렷해진다. 그리고 행렬(끝자락)이 시작된다.

    그들이 뒤로 물러선다. 그녀는 (잡지에서 그녀들이 그러는 것처럼) 그 앞에 서서 한 손을 그의 어깨 위에 놓는다. 그의 얼굴이 그녀의 머리카락에 맞닿아 있다. 그녀가 눈을 들면 그가 보인다. 그는 그녀를 행렬에서 멀리 데려가려 할 것이다. 그녀는 저항할 것이다. 하지만 거의 그런 "느낌도 없이" 그와 함께 멀어져 갈 것이다. 그렇지만 어린아이들 앞에서는 [완전히 매료되어 걸음을 뚝 멈출 것이다.]

    플래카드를 든 젊은이들의 행렬.

첫 번째 플래카드 시리즈

첫 번째 플래카드:

원자폭탄 하나가 일반 폭탄
2만 개에 해당한다면.

두 번째 플래카드:

수소폭탄이 원자폭탄의 천오
백 배 위력을 지녔다면.

세 번째 플래카드 :

지구상에서 현재 제조된 A(원
자)폭탄과 H(수소)폭탄 4만 개
는 얼마큼의 위력을 지니는가?

네 번째 플래카드 :

수소폭탄 열 개가 지구에 투
하되면 바로 선사시대다.

다섯 번째 플래카드 :

수소폭탄, 원자폭탄 4만 개
면 뭐가 될까?

두 번째 플래카드 시리즈

I

이 놀라운 결과는 인류의 과
학적 지능[6]을 영광스럽게 한다.

II

그러나 인류의 정치적 지능
이 과학적 지능보다 백 배 덜 발
달됐다는 것이 애석한 일이다.

III

그리하여 우리로 하여금 이
토록이나 인류를 찬미하지 못
하게 하나니.

---

6) Inteligence: 레네가 일부러 내버려 둔 철자법 오류.

두 번째 시리즈

[첫 번째 플래카드 :
개미 사진. 우리, 우리는 수소폭탄을 두려워하지 않는다.]

두 번째 플래카드 :
[여기 1억 6천만 유럽 노동조합원의 외침을 들으라.]

세 번째 플래카드 :
[여기 히로시마에서 날아간 10만 시체의 외침을 들으라.]

여자와 남자들이 노래하는 아이들을 따라간다.

개들이 아이들을 따라간다.

고양이들이 창가에 나와 있다.(평화의 광장 고양이도 그런 버릇이 있고, 잠들어 있다.)

플래카드들. 플래카드들.

모두가 몹시 더워한다.

행렬 위로 하늘이 어둑어둑하다. 태양이 구름에 가려 있다.

아이들은 예쁘고 많이 모여 있다. 아이들은 더워하면서도 아이들답게 열심히 노래를 부른다. 일본 남자는 어쩔 수 없이, 거의 자신도 모르게 프랑스 여자를 행렬과 [같은 방향으로] 또는 [반대 방향으로] 민다.

프랑스 여자는 [행렬 속 아이들을 보면서] 눈을 감고 신음 소리를 낸다. 그러자 일본 남자는 재빨리, 마치 뭘 훔치는 사람처럼 급하게 말한다.

그

당신이 떠난다는 생각을 하고 싶지 않아요. 내일 떠난다는 생각을. 당신을 사랑하는 것 같아요.

프랑스 여자의 신음 소리가 계속 이어져서 사랑 행위에 압도되어 나오는 신음같이 될 수도 있다. 일본 남자는 그녀의 머리에 입을 묻고 머리카락을 잘근잘근 씹는다. 어깨 위에 놓인 손에 힘이 들어간다. 그녀는 천천히 눈을 뜬다.

행렬이 계속 이어진다.

어린아이들은 하얗게 분을 발랐다. 분을 바른 온 얼굴에 땀이 송글송글 맺혀 있다. 그중 두 아이가 오렌지 하나를 놓고 싸운다. 두 아이 모두 화가 나 있다.

그녀

[아이들 얼굴에 왜 저렇게 분칠을 해 놓은 거죠?

그

히로시마의 아이들이 다 비슷비슷해 보이라고.]

[이 대사는 아이들을 향해 던져진다.]

[(또는 일본어로 대사하고 자막 처리) 외침 소리.]

그녀

[왜요?

그

불에 탄 히로시마 아이들은 다 비슷비슷하니까.]

영화에 출연했음이 분명한 가짜 화상 환자가 지나간다. 밀랍이 목으로 녹아내리고 있다. 몹시 역겹고 끔찍할 수 있다.

그녀는 고개를 젖히고 그는 머리를 숙여 서로를 바라본다. 그가 말한다.

그

나하고 한 번 더 와요.

그녀는 대답하지 않는다.

놀랍도록 아름다운 일본 여자가 지나간다. 여자는 가마 위에 앉아 있다. 검은색 블라우스로 감싸인 (여자의 불룩한 가슴)[7]에서 비둘기들이 날아오른다.

그

대답해요.

그녀는 대답하지 않는다. 그가 몸을 구부려 귀에 대고 말한다.

그

두려워요?

그녀가 미소 짓는다. 고개를 저어 아니라고 한다.

그녀

아뇨.

[여자의 블라우스에서 나오는 비둘기들을 보고 고양이들이 동요한다.]

아이들의 노랫소리가 흐릿하게 계속 이어지다가 점점 잦아든다.

감독 선생님이 오렌지를 가지고 싸우는 두 아이를 꾸짖는다. 큰

---

7) 레네는 꽃으로 장식된 공을 택했다.

아이가 오렌지를 차지한다. 작은 아이가 운다. 큰 아이가 오렌지를 먹는다.

이 모든 것이 필요 이상으로 길게 이어진다.

우는 아이 뒤로 일본 학생 오백 명이 도착한다. 좀 피곤하고 우글 거리는 느낌. 다시 혼잡해진 틈을 타 그는 그녀를 바싹 당겨 안는다. 그들의 눈빛에 비탄이 어려 있다. 그는 그녀를, 그녀는 행렬을 본다. 이 행렬이 그들에게 남은 시간을 빼앗아 가고 있다는 느낌이 관객 에게 전해질 것이다. 그들은 이제 아무 말도 하지 않는다. 그가 그녀 의 손을 잡아 어디로 이끈다. 그녀는 그가 하는 대로 따른다. 그들은 행렬과 반대 방향으로 걷는다. 두 사람의 모습이 사라진다.[8]

일본 가옥의 커다란 방 한가운데 서 있는 그녀가 다시 보인다. 발이 드리워 있다. 부드러운 빛. 행렬 속에서의 더위가 식고 이제 상쾌한 느낌. 집은 현대식이다. 안락의자 등이 놓여 있다.

프랑스 그녀는 손님처럼 서 있다. 거의 겁을 먹은 듯한 모습이 다. 그가 반대편에서 그녀에게 다가온다.(방금 문을 닫은 참이라고 가정할 수도 있고, 아니면 차고에서 오는 것일 수도 있고, 어느 쪽이든 상관없다.) 그가 말한다.

---

8) 레네는 두 사람이 군중 속으로 사라지도록 했다.

그

앉아요.

그녀는 앉지 않는다. 두 사람 다 그대로 서 있다. 지금 그들의 모습은 사랑으로 인해 오히려 에로티시즘이 얼어붙어 버린 것 같은 느낌을 불러일으킨다. 그가 그녀 앞에 마주 서 있다. 계속 그대로, 거의 어색한 모습. 하늘이 내린 이런 기회에 그들이 취하게 될 행동과 정반대의 행동이다.

그녀가 무슨 말이든 하기 위해 질문을 한다.

그녀

히로시마에는 혼자 있어요? 부인은⋯⋯ 어디 있어요?

그

운젠에, 산에 가 있어요. 나 혼자예요.

그녀

언제 돌아오는데요?

그

조만간.

　　　　　　　　그녀는 방백처럼, 작은 소리로 계속 말한다.

그녀

어때요, 당신 부인은?

　그녀를 바라보며 그가 답한다. 매우 의도적인 응시.(문제는 그런
것이 아니라는 투.)

그

미인이죠. 아내하고 사이좋게 잘 지내요.

　　　　　　　　　　　　　　　　　　　잠시 후

그녀

나도 남편하고 사이좋게 잘 지내요.

　이 말을 할 때는 진심이지만 다음 순간 곧 그녀의 감정이 드러나

지 않게 된다.

그

……그렇다면 너무나 간단했을 텐데.

(그 순간 전화벨이 울린다.)
그는 와락 덮칠 듯 그녀에게 다가간다. 그녀는 그런 그를 보며
말한다.

그녀

오후에는 일 안 해요?

그

아니. 많이 하죠. 특히 오후에.

그녀

바보 같은 이야기네…….

그녀가 "사랑해요."라고 하듯 이렇게 말한다.
전화벨이 계속해서 울리는 동안 그들은 키스를 한다.

그는 전화를 받지 않는다.

그녀

당신 오후 시간을 이렇게 날려 버리는 게 나를 위해서인가
요?

그는 여전히 대답하지 않는다.

그녀

그렇다고 해요. 그런다고 무슨 일이 생겨요?

히로시마 장면. [그들은 벌거벗은 채 침대에 함께 있다.] 햇빛의
색깔이 벌써 달라져 있다. 사랑을 나눈 후이다. 얼마간의 시간이 지
나 있다.

그

전쟁 중에 당신이 사랑했던 남자는 프랑스 사람이었나요?

느베르. 한 독일 남자가 황혼녘에 광장을 건너간다.

그녀

아니…… 프랑스 사람이 아니었어요.

히로시마. 그녀는 사랑을 만끽하고 노곤한 상태로 침대에 누워
있다. 햇빛이 기울어 그들의 몸 위까지 내려와 있다.

그녀

그래요, 느베르에서였지요.

느베르. 느베르에서의 사랑의 이미지들. 자전거를 타고 달리는
모습. 숲. 무너진 건물들, 등등.

그녀

처음에는 창고에서 만났어요. 그다음은 무너진 건물에서.
그리고 그다음엔 여기저기 침실에서. 온갖 데서.

히로시마. 방 안에 햇빛이 아까보다 더 아래로 드리웠다. 거의
평온하게 서로 끌어안고 있는 두 사람의 모습이 다시 보인다.

그녀

그다음에 그 사람이 죽었어요.

느베르. 느베르의 모습들. 강. 강변. 바람 속의 포플러나무, 등등.
텅 빈 강변.
공원.
이번에는 히로시마. [거의 어둑어둑해진 어스름 속에] 두 사람
의 모습이 다시 나타난다.

그녀

나는 열여덟 살, 그 사람은 스물세 살.

느베르. 한밤중, 오두막에서, 느베르의 "결혼식".
(느베르의 풍경들을 배경으로 그녀가 답하는 소리만 들리게 한다.
그가 그녀에게 하는 질문은 "모두가 아는", "자명한" 것들이다.)
계속 이어지는 장면. 그녀의 대답을 축성해 주는 느베르의 풍경.
그리고 마침내 그녀가 차분하게 말한다.

그녀

왜 하필 그 사람 이야기를 하죠?

그

안 되나요?

그녀

네. 뭐 하러?

그

느베르 때문에 내가 당신을 알아가기 시작이라도 할 수 있는 거잖아요. 그러니까 나는 수많은 당신 삶의 조각들 중에서 느베르를 택하는 겁니다.

그녀

그냥 아무거나?

그

그렇죠.

관객은 그가 거짓말을 하고 있다는 것을 알고 있는가? 관객은 그럴 것이라 짐작한다. 그녀는 거의 격분한 상태로 할 말을 찾고 있다 (폭발할 것 같은 순간).

그녀

아니. 그냥 아무거나 고른 게 아니에요. (잠시 후.) 그 이유가
뭔지 당신은 나한테 말해 줘야 해요.

그는 대답할 수 있다 (영화에 매우 중요하다.) 다음처럼.

그

당신이 그렇게 젊어서…… 너무나 젊어서, 아직 딱히 그 누
구의 것도 아니던 시절, 그게 바로 거기였구나 싶어서. 그게
좋아서.

또는

그녀

아니, 그게 아니에요.

그

내가 당신을 잃을…… 뻔했던…… 게 바로 거기였구나, 그

러니까 당신을 알지도 못할 수도 있었겠구나 싶어서.

또는

그

　지금의 당신, 이런 사람이 되기 시작한 게 바로 거기였구나
싶어서.

　　(이 세 가지 대사 중 하나를 선택해도 되고 모두 사용해도 된다. 모
두 사용할 경우, 죽 연이어 하거나 침대에서 사랑을 나누는 동작 중 아
무 때나 띄엄띄엄 할 수도 있다. 장면이 너무 길어지지 않는다면 두 번
째 방식이 좋겠다.)[9]
　　[마지막으로 느베르의 풍경이 펼쳐진다. 이어지는 도시의 영상
들은 반드시 어디서나 볼 수 있는 평범한 모습들이어야 한다. 또한
동시에 두려움을 불러일으키기도 한다.]

　마지막으로 그들의 장면으로 돌아온다. [어둡다.] 그녀가
말한다. 소리 지른다.

---

9) 알랭 레네는 이 세 가지 대사 중에서 하나를 고르지 않고 모두 제시하는 방식을 택했다.

그녀

여기서 나가고 싶어.

거의 난폭할 정도로 거칠게 그에게 매달리면서 동시에.

조금 전의 그 방, 두 사람이 다시 옷을 입은 차림. 이제 방에 불이 켜져 있다. 두 사람 모두 서 있다. 그가 말한다, 아주 차분하게, 조용히…….

그

이제 우리에게 남은 건 당신이 떠날 때까지 그냥 시간을 보내는 일밖에 없군요. 비행기 시간까지 아직 열여섯 시간이나.

그녀는 심하게 동요하며, 괴로워하며 말한다.

그녀

말도 안 돼요…….

그가 대답한다. 다정하게.

그

아니에요. 두려워할 필요 없어요.

4부

히로시마. 밤이 강물 위로 내려와 반짝이는 긴 물결을 이룬다.

강물은 시간에 따라, 밀물과 썰물에 따라 빠져나갔다가 다시 차오른다. 간간이 사람들은 진흙으로 덮인 강둑을 따라 서서히 올라오는 물결을 바라본다.

카페 하나가 강 맞은편에 있다. 미국식으로 커다란 창을 낸 현대적인 카페이다. 안쪽 구석에 앉으면 강변은 보이지 않고 강 자체만 보인다. 이처럼 분명하지 않은 채로 강 하구의 모습이 그려진다. 바로 거기에서 히로시마가 끝나고 태평양이 시작된다. 카페는 반 정도 비어 한적하다. 두 사람은 안쪽 구석 테이블에 앉아 있다. 그들은 마주 앉아 뺨 혹은 이마를 맞대고 있다. 조금 전 장면에서 그들은 영원한 이별까지 열여섯 시간이 남았다는 생각에 괴로워하고 있었다. 지금 그들은 거의 행복한 모습이다. 그들이 의식하지 못한 채 시간이 흐른다. 어떤 기적이 일어났다. 무슨 기적? 바로 느베르의 재출현. 이처럼 미칠 듯한 사랑에 빠진 자태로 그가 입을 열고 내놓는 첫 마디.

그

프랑스어로 느베르에 다른 뜻은 없어요?

그녀

아무 뜻도 없어요.

그

추웠겠다, 느베르의 그 지하실에서, 만약 사랑을 나눴다면,
그렇죠?

그녀

추웠을 거예요. 느베르에서 지하실은 겨울이나 여름이나
다 추워요. 루아르라는 강을 따라 도시가 이어지죠.

그

느베르가 상상이 안 돼요.

느베르. 루아르 강.

그녀

느베르. 인구 4만 명. 수도로 세워졌고. (하지만) 어린아이도 한 바퀴 다 돌아볼 수 있죠. (그녀가 그에게서 떨어진다). 난 느베르에서 태어났고 (그녀는 잔을 들어 마신다) 느베르에서 자랐어요. 느베르에서 글을 배웠죠. 그리고 그곳에서 스무 살을 맞았어요.

그

그럼 루아르 강은?

그가 그녀의 머리를 두 손으로 감싸 안는다.
느베르.

그녀

배 한 척 없이 늘 텅 비어 있는 강이죠. 물 흐름이 고르지 않고 모래톱이 있어서. 프랑스에서 루아르 강은 아주 아름다운 강으로 통해요. 무엇보다 반짝이는 강물…… 그 따사로운 반짝임 때문에.

황홀감에 잠긴 어조. 그는 그녀의 머리를 안고 있던 손을 풀고 매우 집중해서 이야기를 듣는다.

그

당신이 지하실에 있을 때 나는 죽었나요?

그녀

죽었어요……. 그리고…….

느베르. 독일 병사가 강둑에서 서서히 죽어 가고 있다.

그녀

……그런 고통을 어떻게 견딜까요?

그녀

지하실은 작아요.

　그녀는 손으로 방 크기를 재는 몸짓을 하려고 그에게서 떨어진다. 그리고 그의 얼굴 아주 가까이에서, 하지만 이제 얼굴을 마주 대지는 않은 채로 계속 말한다. 주술적 분위기는 아니다. 그녀는 몸시 열정적으로 그에게 말한다.

중앙

그녀

……아주 작아요.

그녀

머리 위에서…… 라마르세예즈가 울리며 지나가는데…….
정말…… 고막이 터질 것같이…….

(히로시마의) 카페에서 그녀는 귀를 막는다. 돌연 무거운 침묵
이 카페에 번진다.
느베르의 지하실들. 리바의 피 흘리는 두 손.

그녀

지하실에서 손은 아무 소용도 없어져요. 손으로 살살 두드
려 보죠. 벽을 긁어 대요, 피가 나도록…….

느베르의 어딘가, 손에서 피가 흐른다. 탁자 위에 놓인 그녀의
손은 상처 없이 깨끗하다.
느베르에서 리바가 자기 피를 핥고 있다.

그녀

……할 수 있는 일이 그게 전부라서, 마음을 달래려면…….

그녀

……그리고 기억하려면…….

그녀

……당신의 피를 맛보고 난 다음부터 나는 피를 좋아했어요.

그녀가 말하는 동안 두 사람은 거의 서로 쳐다보지 않는다. 그들은 느베르를 보고 있다. 둘 다 느베르에 거의 사로잡힌 상태이다. 탁자 위에 잔 두 개가 놓여 있다. 그녀는 벌컥벌컥 마신다. 그는 좀더 천천히 마신다. 그들의 손이 탁자 위에 놓여 있다.

느베르.

그녀

사람들 무리가 내 머리 위에서 나를 밟고 가요. 머리 위에 하늘이 아니라…… 그렇죠……. 사람들이 걸어가는 게 보여요. 주중에는 빠르게. 일요일엔 천천히. 그 사람들은 내가 지하실에 있는 걸 몰라요. 내가 죽었다고, 느베르에서 멀리 떨어진

데서 죽었다고 돼 있는 거죠. 아버지한테는 그게 더 나았어요. 내가 몸을 더럽혔기 때문에 아버지는 그게 더 나았던 거예요.

느베르. 한 아버지, 느베르의 약사, 자신의 약국 진열장 뒤에 서 있는 모습.

그

당신은 소리를 지르나요?

느베르의 침실.

그녀

아뇨, 처음엔 소리 지르지 않아요. 난 가만히 당신을 불러요.

그

하지만 난 죽었는데.

그녀

그래도 난 당신을 불러요. 죽은 사람이어도. 그러다 어느 날, 갑자기, 소리 질러요, 귀머거리처럼 아주 크게 소리 질러요. 나를 지하실에 가둔 게 그때예요. 벌을 주려고.

그

뭐라고 소리 지르죠?

그녀

당신의 독일 이름. 오직 당신 이름만. 나는 이제 단 하나, 당신 이름밖에 기억하지 못해요.

느베르의 방, 소리 없는 외침.

그녀

난 이제 소리 지르지 않겠다고 약속해요. 그래서 내 방으로 다시 올라가게 돼요.

느베르의 방. 욕망에 휩싸여 다리를 들어 올린 채 누워 있는 모습.

그녀

견딜 수 없이 당신을 원해요.

그

당신은 두려운가요?

그녀

두려워요. 어디에서든. 지하실에서도. 방에서도.

그

뭐가 두려운 거죠?

느베르의 방 천장의 얼룩, 느베르의 끔찍한 것들.

그녀

당신을 다시 못 보게 되는 것, 다시는, 다시는.

이 장면이 시작될 때처럼 두 사람은 다시 서로에게 다가간다.

그녀

어느 날 나는 스무 살이 돼요. 지하실인데, 어머니가 와서 내가 이제 스무 살이 됐다고 말해요. (기억을 더듬는 듯 잠시 침묵.)

어머니가 울어요.

그

당신은 어머니 얼굴에 침을 뱉나요?

그녀

네.

(마치 이 일들을 두 사람이 함께 알고 있는 것처럼.) 그가 그녀에게서 떨어진다.

그

마셔요.

그녀

네.

그가 잔을 들어 그녀에게 마시게 해 준다. 그녀는 너무나 기억에 몰두한 나머지 여전히 넋이 나가 있다. 그러다가 느닷없이 말한다.

그녀

그다음엔 아무것도 몰라요. 아무것도…….

   그, 그녀에게 이야기를 더 하게 만들고 무언가 생각이 나도록 하려고 시도.

그

   아주 오래된, 아주 습한 지하실, 느베르의 지하실……이라고 그랬죠…….

그녀는 함정에 빨려든다.

그녀

네. 초석으로 가득해요. [난 바보천치가 됐어요.]

그녀의 입술, 느베르의 지하실 벽에 대고, 물어뜯는다.

그녀

   고양이 한 마리가 가끔 안에 들어와서는 물끄러미 쳐다봐요. 뭐, 대단한 일은 아니에요. 난 이제 아무것도 몰라요.

고양이 한 마리가 느베르의 지하실에 들어와 이 여자를 쳐다본다.
그녀가 덧붙여 말한다.

그녀

그다음엔 아무것도 몰라요.

그

얼마 동안?

그녀는 정신이 홀려 있는 상태에서 빠져나오지 못한다.

그녀

영원히. (명확하게)

일행 없이 혼자인 한 남자가 프랑스 음악 음반을 주크박스에 넣
는다. 느베르의 망각의 기적이 지속되도록, 아무것도 '움직이지' 않
도록, 일본 남자는 자기 잔에 담긴 것을 프랑스 여자의 잔에 붓는다.
느베르의 지하실 안, 고양이의 두 눈과 리바의 두 눈이 빛난다.
음반 소리가 들려오자 그녀는 (취해 있거나 또는 광기 어린 상태)
미소를 짓다가 외친다.

그녀

아! 정말 얼마나 젊었던 때인지.

그녀는 느베르에서 빠져나왔다가 금세 되돌아간다. 그녀는 뭔가에 붙들려 있다. (그녀를 수식하는 표현을 의도적으로 여러 가지 사용한다.)

그녀

밤에는…… 어머니가 정원으로 나가게 해 줘요. 어머니는 내 머리를 쳐다봐요. 밤마다 내 머리를 뚫어져라 쳐다봐요. 아직 나한테…… 다가올 엄두는 내지 못해요. 난 밤에나 광장을 볼 수 있으니까 그때 광장을 봐요. 어마어마하게 넓어요(몸짓으로 표현)! 가운데로 가면서 오목하게 들어가 있죠. [호수 같아요.]

느베르 지하실의 채광 환기창. 새벽 여명 속에 이 환기창 앞을 스쳐 지나가는 무지갯빛 자전거 바퀴들.

그녀

잠이 찾아오는 건 새벽이에요.

그

가끔 비가 오나요?

그녀

……벽을 따라.

그녀는 무언가 찾고, 또 찾고, 또 찾는다.

그녀

당신 생각을 하고 있어요. 그런데 이제 말 안 할래요. (거의 장난스럽게)

두 사람이 서로 다가간다.

그

미쳐 있고.

그녀

당신을 미칠 듯이 사랑하죠. (잠시 후) 머리카락이 다시 자라요. 매일 손에 느껴져요. 그러거나 말거나. 하지만 어쨌든 머리카락이 다시 자라요……

느베르, 머리카락 속에 손을 넣고 침대에 누워 있는 리바.
그녀는 머리카락 속에 넣은 두 손을 이리저리 움직여 본다.

그

지하실에 들어가기 전에 당신은 소리를 지르나요?

그녀

아뇨. 난 아무 느낌도 없어요……

히로시마, 눈은 반쯤 감고 서로 뺨을 맞대고 있는 두 사람.

그녀

[그들은 젊어요. 상상력이라고는 없는 영웅들이죠.] 그들은 내 머리를 꼼꼼하게 끝까지 밀어요. 여자들 머리를 잘 미는 게 자기네 의무라고 믿는 거죠.

그

수치스러워요? (아주 분명하게)

머리 미는 장면.

그녀

아뇨. 당신이 죽었어요. 난 괴로워하느라 다른 걸 할 틈이 없어요. 해가 저물어요. 나는 머리 위에서 나는 가위 소리에만 온 신경이 쏠려 있어요(이 대사는 최대한 움직이지 않고 부동 상태에서 하도록 한다). 그러면 아주 아주 조금, 당신이…… 죽었다는 것에서…… 좀…… 마음이 가라앉아서…… 그러니까…….

……그러니까, 아! 맞다, 그거야, 그러니까 손톱이나 벽이나 분노처럼 말이에요.

히로시마, 필사적으로 그에게 몸을 바싹 붙인 채 그녀가 계속 말한다.

그녀

아! 너무 아파. 가슴이 너무 아파요. 너무해…… 온 도시에서 라마르세예즈를 불러요. 해가 저물어요. 죽은 내 사랑은 프랑스의 적이에요. 이런 여자는 거리를 돌게 해야 한다고 누가 그래요. 아버지의 약국은 수치스럽다는 이유로 문을 닫았어요. 나는 혼자예요. 사람들이 깔깔 웃어요. 나는 밤에 집에 들어가요.

느베르, 광장 장면. 그녀가 불명확한 무슨 말을 외친다. 하지만 세상 어떤 "언어"에서든 아이가 어머니를 부르는 소리, 엄마 같은 소리라는 것을 알 수 있다. 그는 여전히 그녀와 꼭 붙어 있다. 그리고 그는 그녀의 두 손을 잡는다.

그

그런 다음, 어느 날, 당신은 그 영원한 나날에서 걸어 나오는군요.

느베르의 방.
리바는 방 안을 맴돌고 있다. 물건들을 뒤엎는다. 거친 모습, 이성에 내재한 야수성.

그녀

그래요, 오래 걸렸어요.
아주 오래 걸렸다고 하더군요.
저녁 6시면 겨울이나 여름이나 생테티엔 대성당의 종이 울려요. 어느 날인가 정말 그 소리가 들리는 거예요. 전에 ― 전에, 우리가 사랑을 나누는 동안, 행복에 잠겨 있던 동안 ― 그 소리를 들었던 기억이 떠올라요.

눈이 보이기 시작해요.

전에 ― 전에, 우리가 사랑을 나누는 동안, 행복에 잠겨 있던 동안 ― 본 적이 있었다는 기억이 떠올라요.

기억이 나요.

잉크가 보여요.

햇빛이 보여요.

보여요, 내 삶이. 당신의 죽음이.

계속되는 내 삶이. 계속되는 당신의 죽음이.

느베르의 방과 지하실.

그리고 이제 벌써 내 방 벽 모서리들에 어둠이 내려앉는 시간이 더 늦어져요. 그리고 지하실 벽 모서리들에 어둠이 내려앉는 시간이 더 늦어져요. 6시 30분쯤.

겨울이 다 갔어요.

잠시 후. 히로시마.

그녀가 몸을 떤다.

그녀는 그에게서 떨어진다.

그녀

아! 정말 끔찍해요. 당신 기억이 점점 덜 떠올라요.

　　그는 잔을 들어 그녀에게 마시게 한다. 그녀는 자기 혼자 공포에
사로잡힌다.

그녀

…… 나는 당신을 잊기 시작해요. 그토록 큰 사랑을…… 잊
다니 온몸이 떨려요.
　…… (마실 것을) 조금 더.

　　그녀는 횡설수설한다. 이번에는. 혼자서. 그는 그녀가 하는 말을
알아듣지 못한다.

그녀

12시에 루아르 강둑에서 만나기로 돼 있었어요. 그 사람하
고 떠나게 돼 있었죠.
　12시에 내가 루아르 강둑에 도착했을 때 그는 완전히 숨을
거둔 상태는 아니었어요.
　공원에서 누가 총을 쏜 거였어요.

느베르의 강가 공원.

그녀는 미친 듯 횡설수설하며, 더 이상 그를 보지도 않는다.

그녀

하루가 다 지나고 밤이 새도록 나는 그의 시신 곁에 있었어요. 다음 날 아침 사람들이 와서 시신을 거둬 트럭에 실었어요. 그날 밤 느베르가 해방됐어요. 생테티엔 대성당의 종이 울리고…… 또 울리고……. 내 몸 아래에서 그는 점점 차갑게 식어 갔어요. 아! 죽는 데 얼마나 오래 걸렸는지. 언제냐고? 정확히 몰라요. 나는 그 사람 위에 엎드려서…… 그래요……. 그 사람이 죽은 순간은 정말로 기억에서 달아나 버렸는데, 왜냐하면…… 왜냐하면 바로 그 순간에도, 그리고 그다음에도, 맞아, 그다음에도, 나는 죽은 그 사람 몸과 내 몸이 조금도 다르게 느껴지지가 않았으니까……. 그 몸과 내 몸 사이에는 같은 점만…… 명백하게 같은 점만 있었다고요, 알겠어요? 내 첫사랑이었다고……. (큰 소리로 외침).

일본 남자가 그녀의 뺨을 때린다. (또는 그가 그녀의 손을 꽉 눌러 잡을 수도 있다.) 그녀는 어떻게 돼서 자기가 아픔을 느끼는지 어리둥절한 모양새이다. 하지만 정신은 제대로 돌아온다. 그리고 그렇게 아프게 맞는 것이 꼭 필요한 일이었음을 이해하는 것처럼 행동한다.

그녀

그러고 나서 어느 날……. 나는 또 소리를 질렀어요. 그래서 나를 지하실에 집어넣었어요.

그녀의 목소리가 다시 제 리듬을 찾는다.
(여기 전체가 구슬 장면. 구슬이 지하실로 굴러 들어오고, 그녀가 그것을 집어 들고, 손으로 감싸 쥐고 하다가 밖의 아이들에게 돌려주는 등.)

그녀

……그건 참 따뜻했어…….

무슨 말인지 모르는 채로 그는 그녀가 이야기하게 둔다. 그녀는 다시 말한다.

그녀

(잠시 후) 내가 악독하게 굴지 않게 된 게 바로 그때인 것 같아요.

잠시 후

이제 소리 지르지 않아요.

잠시 후

정신이 돌아왔어요. 사람들이 "저 애가 이제 정신이 돌아왔
구나."라고 해요.

잠시 후

어느 날 밤, 축제 날, 나를 밖에 나가게 놔두더군요.

새벽, 느베르, 강가에서.

루아르 강가에요. 새벽이죠. 시간에 따라 다리 위로 지나가
는 사람들이 많기도 하고 적기도 해요. 멀리서 보면 아무도 아
니에요.

느베르, 한밤중의 레퓌블리크 광장.

그녀

그 후 그리 오래지 않아서 어머니가 이제 밤이 되면 나는 파
리로 떠나야 한다고 알려줘요. 어머니는 내게 돈을 줘요. 나는
자전거를 타고 밤에 파리로 떠나요.
여름이에요. 좋은 여름밤들.
파리에 도착하고 이틀 후, 히로시마라는 이름이 온 신문에

실려요. 내 머리카락은 적당한 길이가 됐고요.

　나는 거리에 사람들하고 같이 있어요.

　누군가 주크박스에 음반을 다시 넣었다.

　그녀가 덧붙인다. 잠에서 깨어나는 것처럼.

그녀

십사 년이 흘렀어요.

　그가 그녀에게 마실 것을 준다. 그녀가 마신다. 그녀는 다시 아
주 평온해진 모습입니다. 두 사람은 느베르의 터널에서 빠져나온다.

그녀

손에 대한 기억도 잘 안 나요……. 아팠던 기억은 그래도 좀
있는데.

그

오늘 저녁?

그녀

네, 오늘 저녁 아팠던 기억이 나요. 하지만 언젠가 기억 나지 않게 되겠죠. 전혀. 아무것도.

그 순간 그녀는 그를 향해 고개를 든다.

그녀

내일 이 시간이면 난 당신에게서 수천 킬로미터 멀리 떨어져 있을 거예요.

그

당신 남편도 이 이야기를 아나요?

여자가 머뭇거린다.

그녀

아뇨.

그

그럼 나만?

그녀

네.

　그는 테이블에서 일어나고, 그녀를 두 팔로 감싸 일어나게 하고, 민망할 만큼 아주 세게 끌어안는다. 사람들이 쳐다본다. 사람들은 무슨 영문인지 어리둥절해 한다. 그는 강렬한 기쁨에 사로잡혀 있다. 그가 소리 내 웃는다.

그

아는 사람이 나뿐이군요. 오직 나 혼자만.

그녀는 눈을 감으며 동시에 말한다.

그녀

아무 말 말아요.

　그녀는 그에게 더 다가간다. 그녀는 손을 들더니 아주 가볍게 그의 입술을 어루만진다. 그녀는 불현듯 거의 행복감에 젖어 말한다.

그녀

아! 때로 누군가와 같이 있다는 건 정말 얼마나 좋은지.

두 사람은 아주 천천히 서로 떨어진다.

그

맞아요. (손가락을 그녀의 입술에 대면서.)

[기계 위에 놓인 음반, 주크박스 소리가 갑자기 작아진다.] 어디
선가 전등 하나가 꺼진다. 강물 위의 배에서거나 또는 바에서.
그녀는 소스라치게 놀란다. 그녀는 입술에 대고 있던 그의 손을
떼어 낸다. 그가 시간을 잊었던 것은 아니다. 그가 말한다.

그

계속 말해 봐요.

그녀

그래요.

그녀는 무슨 말을 할지 찾는다. 찾아내지 못한다.

그

말해 봐요.

그녀가 기운이 다 빠진 채 말한다.

그녀

[나는 치욕을 겪는 영광을 누렸지요. 머리 위에 칼날이 있을 때 우리는 어리석음으로부터 굉장한 통찰을 얻게 되거든요…….]
내가 그런 순간을 겪었기를 간절히 바라요. 무엇과도 비교할 수 없는 그런 순간.

그가 현재의 순간에서 물러나서, 말한다.

그

몇 년 후, 내가 당신을 잊었을 때, 그리고 지금 우리 이야기 같은 일들이 또 그렇게 다시 일어나게 될 때, 나는 당신을 사랑의 망각 그 자체로 기억할 겁니다. 나는 끔찍한 망각을 생각하듯 이 이야기를 생각할 거예요. 벌써 그걸 알아요.

사람들이 카페로 들어온다. 그녀가 사람들을 쳐다보고 나서 묻는다. (다시 희망이 돌아온다.)

그녀

히로시마는 밤새 내내 이렇게 돌아가나요?

두 사람은 마지막 연극 속으로 진입한다. 하지만 그녀는 그것이 실제라고 믿어 버린다. 그러는 동안 그는 거짓말로 답한다.

그

히로시마에 절대 멈춤이란 없지요.

그녀가 미소 짓는다. 그리고 지극히 다정하게, 커다란 슬픔과 괴로움을 미소로 감싸며 말한다 (사랑스럽게).

그녀

정말 마음에 드네요……. 밤에도 낮에도 깨어 있는 사람들이 늘 있는 도시라니…….

바의 여주인이 전등을 끈다. 음반도 끝났다. 그들 주위는 이제 거의 어두워져 있다. 히로시마의 카페들이 늦은 시간까지 열려 있기는 하지만 문을 닫지 않을 수 없는 시간이 되었다.

두 사람은 마치 극도로 부끄러움을 타는 것처럼 둘 다 눈길을 아래로 떨군다. 그들은 정돈된 세상, 자신들의 이야기는 끼어들 틈 없는 정돈된 세상에서 내쫓겼다. 맞서 싸우는 것은 불가능하다.

그녀는 단번에, 완전히 그것을 깨닫는다.

그래도 두 사람은 다시 눈길을 들면서 말 그대로 "울지 않기 위해" 미소를 짓는다.

그녀가 일어선다. 그는 그녀를 잡으려는 어떤 몸짓도 하지 않는다.

두 사람은 깊은 밤, 카페 앞, 바깥에 있다.

그녀가 그의 앞에 서 있다.

그녀

세상이 우리 앞에 내놓는 이런 난관들을 가끔 생각하지 말아야 해요. 그러지 않고는 완전히 숨이 막혀 버릴 거예요.

(마지막 문장을 말할 때 '바람'이 불게 한다.)

아주 가까이에서 카페의 마지막 전등이 꺼진다. 두 사람은 눈길을 떨구고 있다. [모터보트 한 척이 비행기 같은 소리를 내며 바다로 강을 거슬러 올라간다.]

그녀

나한테서 좀 떨어져 봐요.

그가 뒤로 물러난다. 멀리 하늘을 바라보며 말한다.

그

아직 해가 안 떴네…….

그녀

그러네요. (잠시 후) 우리, 아마 다시는 만나지 못하고 죽겠죠?

그

아마 그렇겠지요. (잠시 후) 혹시, 언젠가, 전쟁이 일어난다
면 또 몰라도…….

잠시 후.
그녀가 답한다. 빈정거리는 투가 드러나도록.

그녀

그렇군요, 전쟁…….

5부

또 다시 시간이 흘렀다.

거리에 있는 그녀의 모습이 보인다. 그녀는 **빠르게** 걷고 있다.

그다음 호텔 로비에 있는 그녀가 보인다. 그녀가 열쇠를 받아든다.

그다음 그녀가 방문을 여는 것이 보인다. 방으로 들어가다가 갑자기 발걸음을 뚝 멈춘다. 마치 깊은 구렁이 앞에 놓인 것처럼 또는 누가 방에 들어와 있기라도 한 것처럼. 그다음 뒷걸음질 쳐 방에서 나온다. 그다음 그녀가 방문을 가만히 닫는 모습이 보인다.

층계를 오르고, 내려오고, 다시 올라가기를 반복한다.

가다가 되돌아온다. 복도에서 왔다 갔다 한다. 해결책을 찾으며 두 손을 비틀다가, 찾아내지 못하자 느닷없이 다시 방으로 돌아온다. 그리고 이번에는 방 안에 펼쳐진 광경을 감내한다.

그녀는 세면대로 가서 물에 얼굴을 담근다. 그리고 그녀의 마음속 대사가 시작되는 첫 문장이 들려온다.

그녀

사람들은 안다고 생각해. 그런데 아니야. 결코.

그녀

[정확한 시간의 경과를 아는 것. 때로 어떻게 시간이 빨라지는지 아는 것, 그다음에는 또 시간이 쓸데없이 서서히 느려지는 것을 아는 것, 그럼에도 불구하고 견뎌야 함을 아는 것, 그건 또 아마 지혜를 배우는 것. (토막토막 끊어서, 반복, 횡설수설)]

그녀

그녀는 느베르에서 독일 남자와 풋사랑을 했는데…….
내 사랑, 우리는 바비에르로 갈 거야, 그리고 결혼할 거야.
그녀는 바비에르에 한 번도 간 적이 없어. (그녀는 거울을 본다.)
바비에르에 한 번도 간 적이 없는 사람들이 감히 그녀에게 사랑에 대해 이야기하다니.
당신은 완전히 죽은 게 아니었어.
우리 이야기를 했어.
오늘 저녁, 처음 본 사람이랑 같이 보내고 당신을 배신했어.
우리 이야기를 해 줬지.
그 이야기가 말이야, 말해지더라.

십사 년 동안을 다시 찾지 못했는데…… 불가능한 사랑을 하려는 마음.

느베르 시절 이래로.

내가 어떻게 당신을 잊는지 지켜봐.

내가 어떻게 당신을 잊었는지 지켜봐.

나를 지켜봐.

[열린 창문 너머로 다시 일으켜 세워진, 평화롭게 잠든 히로시마가 보인다.]

그녀는 갑자기 고개를 획 쳐들어 거울 속, 물에 젖은(눈물에 젖은 것 같은) 얼굴, 나이 들고 망가진 자기 얼굴을 본다. 그러고는 진저리를 치며 눈을 감는다.

그녀는 얼굴을 닦고 아주 빠르게 방을 다시 나와 로비를 가로질러 간다.

벤치 또는 자갈 더미 위에, 또는 조금 전 두 사람이 같이 있던 카페에서 20여 미터 떨어진 곳에 그녀가 앉아 있는 모습이 다시 보인다.

식당(그 식당)의 불빛이 그녀의 눈에 비친다. 평범하고 거의 황량한 식당, 그가 나온 곳.

여자는 자갈 위에 (누웠다가 앉아서) 계속 카페를 바라보고 있다. (이때 바에만 달랑 불 하나가 켜져 있다. 그들이 방금 전 함께 있던 홀은 닫혀 있다. 바의 문을 통해 홀이 희미한 빛을 받아서 테이블과 의자가 놓인 위치에 따라 그림자가 뚜렷하기도 하고 흐릿하기도 하다.)

[바에 남은 마지막 손님들이 자갈 위에 앉은 그녀와 불빛 사이에 장막을 만들고 있다. 그렇게 해서 그녀는 바의 손님들이 움직이는 데에 따라 어둠 속에 묻혔다가 불빛에 드러나곤 한다. 그러는 동안 그녀는 그가 떠나버린 그 장소를 어둠 속에서 계속 바라보고 있다.]

그녀는 눈을 감는다. 그다음 다시 눈을 뜬다. 자는 것처럼 보인다. 하지만 아니다. 그녀는 별안간 눈을 번쩍 떠야 한다. 고양이처럼. 그녀의 목소리, 내면 독백이 들려온다.

그녀

히로시마에 계속 있을 거야. 그 사람하고 매일 밤. 히로시마에서.

그녀가 눈을 뜬다.

그녀

거기 계속 있을 거야. 거기에.

그녀는 카페에서 눈을 떼고 주위를 둘러본다. 그러고는 갑자기 아주 어린아이 같은 동작으로 최대한 몸을 움츠린다. 두 팔에 얼굴을 묻고, 발을 안으로 접어 넣고.

일본 남자가 그녀 옆에 온다. 그녀는 그를 보고, 움직이지 않고, 아무 반응도 하지 않는다. "서로에 대한" 그들의 부재가 시작되었다. 놀라움은 없다. 그는 담배를 피운다. 그가 말한다.

그

히로시마에 그냥 있어요.

그녀가 '슬그머니' 그를 바라본다.

그녀

그럼요, 당신하고 히로시마에 계속 있을 거예요.

말하는 동안 그녀는 다시 눕는다(어린아이처럼).

그녀

난 너무나 불행해…….

그가 그녀에게 다가간다.

그녀

정말…… 전혀 생각도 못 했는데.

그녀

저리 가요.

그가 물러서며 말한다.

그

당신을 떠날 수가 없어요.

대로에 있는 두 사람의 모습. 여기저기에 불이 환한 나이트클럽들.
대로는 직선으로 죽 뻗어 있다.
　그녀가 걸어간다. 그가 따라간다. 한 사람씩 차례로 모습이 보인다.
두 사람 모두 얼굴이 절망에 잠겨 있다. 그가 그녀를 따라잡고 부드럽
게 말한다.

그

히로시마에 나랑 같이 있어요.

　그녀는 대답하지 않는다. 그때 (내면 독백으로) 거의 외침에 가
까운 그녀의 목소리가 들려온다.

그녀

[나는 이제 조국이 없었으면 좋겠어. 내 아이들에게 난 죽을 때까지 다른 사람들이 가진 악의와, 무관심과, 영악함과, 애국심이 어떤 건지 가르칠 거야.]

그녀

그 사람은 내게로 올 거야, 내 어깨를 잡을 거야, 내 입술에 입-맞-춤-할 거야…….

그녀

나한테 입맞춤할 거야……. 그러면 나는 정신을 잃겠지.

(정신을 잃는다는 대사를 황홀감에 잠겨서 한다.)
그가 다시 카메라에 잡힌다. 그녀에게 거리를 확보해 주기 위해 더 천천히 걸음을 옮기고 있는 것이 보인다. 그녀 쪽으로 돌아가지 않고 오히려 멀어지고 있다. 그녀는 뒤돌아보지 않는다.

히로시마의 거리와 느베르의 거리가 이어진다. 리바의 내면 독백.

그녀

당신을 만나요.

당신을 기억해요.

이 도시는 사랑에 꼭 맞게 만들어져 있네요.

당신은 내 몸하고 꼭 맞게 만들어져 있네요.

당신은 누군가요?

당신은 나를 죽여요.

나는 굶주리고 있었어요. 배신과, 불륜과, 거짓말, 그리고 죽음에.

오래전부터.

어느 날 내 앞에 당신이 불쑥 나타나리라 짐작하고 있었어요.

한도 끝도 없는 조바심 속에서 조용히 당신을 기다렸지요.

나를 삼켜 버려요. 당신 모습대로 나를 바꿔 버려요. 당신 이후 어떤 남자도 왜 그렇게 엄청난 욕망이 내게 휘몰아치는지 알지 못하게.

내 사랑, 우리 둘만 남을 거예요.

밤은 끝나지 않을 거예요.

아무에게도 이제 날이 밝아 오지 않을 거예요.

절대. 다시는 절대. 마침내.

당신은 나를 죽여요.

당신과 함께 있으면 좋아요.

우리는 지나간 그 옛날을 마음을 다해 애통해할 거예요.

지나간 그 옛날을 애통해하는 것 외에 우리는 더 이상 아무것도 할 일이 없을 거예요.

시간이 흘러갈 거예요. 오직 시간만이.

그리고 시간이 오겠지요.

시간이 올 거예요. 우리를 이어 주는 것이 무언지 우리가 더이상 그 이름을 댈 수 없게 되는 시간이. 그 이름은 우리 기억에서 조금씩 조금씩 사라져 갈 거예요.

그런 다음 완전히 사라지겠지요.

그가 이번에는 그녀에게 정면으로 다가간다. 이번이 마지막이다. 그러나 그는 그녀에게서 멀찌감치 떨어진 곳에 머물러 있다. 이제 그녀는 손에 닿지 않는다. 비가 내린다. 한 가게의 차양 밑이다.

그

어쩌면 당신은 그냥 남아 있을 수도 있을 거예요.

그녀

당신도 잘 알고 있어요. 헤어지는 것보다 그게 더 불가능하다는 걸.

그

일주일.

그녀

안 돼요.

그

사흘.

그녀

뭘 하는 시간이죠? 살기 위한 시간? 죽기 위한 시간?

그

그걸 알아보는 시간.

그녀

그런 건 없어요. 살기 위한 시간도. 죽기 위한 시간도. 그러
니 상관없어요.

그

당신이 느베르에서 죽었다면 더 좋았을 것 같군.

그녀

나도 그래요. 하지만 느베르에서 죽지 않았지요.

히로시마 역 대합실의 긴 의자에 앉아 있는 그녀의 모습이 다시 보인다. 시간이 좀 더 흘러 있다. 그녀 옆 자리에서 일본인 할머니가 기차를 기다리고 있다. 프랑스 그녀의 목소리가 들려온다. (내면 독백.)

그녀

내 기억에서 지웠던 느베르, 오늘 밤 너를 다시 보고 싶구나. 수 개월간 밤마다 나는 너에게 불을 질렀고 내 몸은 그의 기억에 활활 불타올랐지.

일본 남자가 그림자처럼 들어와 할머니가 앉은 긴 의자 반대쪽에 앉아 있다. 그는 프랑스 그녀를 쳐다보지 않는다. 그의 얼굴이 비에 젖어 있다. 입술이 살짝 떨린다.

그녀

내 몸이 당신의 기억에 활활 불타고 있어. 느베르를…… 루아르 강을 다시 보고 싶어.

느베르.

니에브르의 멋진 포플러나무들이여, 너희를 망각 속에 묻
는다.

'멋진'이라는 단어가 사랑이라는 단어처럼 말해지도록 한다.

하찮은 이야기여, 너를 망각 속에 묻는다.

느베르의 폐허.

당신에게서 멀리 떨어져 지낸 하룻밤, 나는 감옥에서 풀려
나길 기다리듯 날이 밝기를 기다리고 있었지.

느베르에서의 '결혼'.

그의 눈을 하루라도 못 보면 그녀는 죽을 것만 같다.
느베르의 여자아이.
느베르의 어린 바람둥이.
그의 손길이 하루라도 닿지 않으면 그녀는 사랑은 불행이
라 믿는다.
보잘것없는 여자아이.
느베르에서 사랑으로 죽은 아이.
느베르의 삭발당한 아이, 오늘 저녁 너를 망각 속에 묻는다.

하찮은 이야기.

그 사람에게서 그랬듯 망각은 당신 눈으로부터 시작될 거예요.

똑같이.

그러고 나서, 그 사람에게서 그랬듯 망각은 당신 목소리를 이길 거예요.

똑같이.

그러고 나서, 그 사람에게서 그랬듯 당신을 완전히 물리칠 거예요, 조금씩 조금씩.

당신은 한 가락 노래가 될 테지요.

그녀

[여름, 저녁 7시쯤, 레퓌블리크 대로에서 사람들이 평온하게 뭘 살까 고민하면서 무리 지어 마주 지나가네. 이제는 긴 머리 아가씨들이 조국에 해를 끼치지 않아. 느베르가 보고 싶다. 느베르가. 정말 말도 안 되게.]

그녀

[그 사람에 대한 사랑이 내게 온 것이 바로 그 느베르의 지하실이지요. 당신에 대한 사랑이 내게 온 것도.

나를 반면교사의 예로 기억하는 보솔레이 동네에서 당신에 대한 사랑이 내게 왔어요.]

[바로 거기, 나를 반면교사의 예로 기억하는 보솔레이 동네에서, 어느 날 내가 마음대로 당신을 사랑할 수 있게 된 거예요. 보솔레이에 차마 형언할 수 없는 기억을 남기지 않았더라면 난 결코 당신을 사랑할 엄두를 내지 못했을 거예요. 보솔레이, 너에게 인사를 보낸다, 오늘 저녁 네가 보고 싶구나, 보솔레이, 정말 말도 안 되게.]

프랑스 그녀와 그녀는 일본 할머니 양 옆으로 떨어져 앉아 있다.

그는 담배 한 개비를 꺼내고는 몸을 조금 일으켜 프랑스 그녀에게 담뱃갑을 내민다.

"이게 내가 당신을 위해 할 수 있는 전부군요, 당신한테 담배 한 개비 주는 것이. 아무한테나, 이 할머니한테 줄 수 있는 것처럼." 그녀는 담배를 피우지 않을 것이다.

그는 할머니에게 담배를 건네고 불을 붙여 준다.

노을 속에 느베르의 숲이 펼쳐진다. 이어서 느베르. 그러는 사이 느베르의 풍경을 배경으로 히로시마역의 스피커에서 "히로시마! 히로시마!"라는 안내 방송이 나온다.

프랑스 여자는 잠이 든 것 같아 보인다. 그와 할머니는 그녀가 잠에서 깨지 않게 지켜 준다. 나직하게 말한다.

그녀가 잠들어 있다고 생각해서 할머니가 프랑스 그녀에게 묻는다.

할머니

누구예요?

그

프랑스 여자입니다.

할머니

무슨 일이 있어요?

그

조금 후에 그녀가 일본을 떠납니다. 우리는 헤어지는 게 슬
퍼요.[9]

그녀는 이제 그곳에 있지 않다. 역 주변에서 그녀의 모습이 다시
보인다. 그녀는 택시에 오른다. '카사블랑카'라는 나이트클럽 앞에
서 멈춰 선다. 그 앞에 그도 도착한다.
그녀는 테이블에 혼자 앉아 있다. 그는 그녀가 앉아 있는 곳 반
대쪽의 다른 테이블에 앉는다.

---

9) 일본어로. 번역하지 않음.

마지막이다. 이 밤이 지나면 서로 영원히 헤어지게 될 마지막 시간.

홀에 있던 한 일본 사람이 그녀에게 다가가 이렇게 말을 건다(영어로).

일본 사람

Are you alone?

그녀는 몸짓만으로 답한다. [남자에게 자기 옆의 의자 또는 스툴을 가리킨다.]

일본 사람

Do you mind talking with me a little?

나이트클럽은 거의 텅 비어 있다. 사람들이 지루해하고 있다.

일본 사람

It is very late to be lonely?

그녀는 우리가 알고 있는 그 남자를 '잃어버리기' 위해 다른 남자가 접근해 오는 것을 그대로 둔다. 그러나 그것은 가능하지 않을 뿐더러 소용도 없다. 이 사람에게는 이미 승산이 없다.

일본 사람

May I sit down?

일본 사람

Are you just visiting Hiroshima?

가끔씩 그들은 아주 잠깐 서로를 쳐다본다. 끔찍하다.

일본 사람

Do you like Japan?

일본 사람

Do you live in Paris?

새벽빛이 계속해서 점점 넓게 [유리창에] 번져 간다.
내면 독백마저도 멈췄다.
그 낯선 일본 사람이 그녀에게 말을 한다. 그녀는 다른 남자를
바라보고 있다. 그 낯선 사람이 그녀에게 이야기하기를 그만둔다.
그리고 이제, 유리창 너머로, 저 공포스러운 '사형수의 새벽'이
다가온다.

호텔 방 문 뒤에 있는 그녀의 모습이 보인다. 그녀는 가슴에 한 손을 얹고 있다.

누가 문을 두드린다.

그녀가 문을 연다.

그가 말한다.

그

오지 않을 수가 없었어요.

두 사람은 방 안에 서 있다.

아주 가까이 마주 서 있지만 두 팔을 늘어뜨리고 서로의 몸에 조금도 닿지 않는다.

그 방은 말끔히 정돈돼 있다.

재떨이들도 깨끗하다.

새벽이 완전히 밝았다. 햇빛이 비춘다.

그들은 담배조차 피우지 않는다.

침대는 말끔히 정돈돼 있다.

그들은 아무 말도 하지 않는다.

그들은 서로를 바라본다.

새벽의 침묵이 도시 전체에 무겁게 드리워 있다. 그가 방으로 들어온다. 멀리에서 히로시마는 아직 잠들어 있다.

갑자기 그녀가 털썩 주저앉는다.

그녀는 두 손으로 얼굴을 감싸고 울먹인다. 비통한 울먹임.

그녀의 두 눈에 도시의 빛이 어린다. 그녀는 거의 보기 거북한 모습이 되더니 갑자기 큰 소리로 외친다.

그녀

당신을 잊을 거야! 벌써 잊고 있어요. 봐요, 얼마나 잘 잊는지! 보라고요!

그가 그녀의 두 팔을 [두 손목을] 잡고, 그녀는 머리를 뒤로 젖힌 채 그 앞에 서 있다. 그녀가 아주 거칠게 그에게서 떨어진다.

부지불식간에 그가 그녀를 부축한다. 마치 그녀가 위험에 처하기라도 한 것처럼.

그는 그녀를 바라보고, 그녀는 마치 도시를 바라보듯 그를 바라보다가 갑자기 아주 다정하게 그 이름을 부른다.

그녀는 놀랍고 신기한 마음으로 '먼 곳을 향해' 그 이름을 부른다. 그녀는 그를 보편적인 망각 속에 빠뜨리는 데 성공한 것이다. 그녀는 그것이 놀랍고 신기하다.

그녀

히-로-시-마.

그녀

히-로-시-마. 이게 당신 이름이에요.

　화면에 같이 모습이 보이지는 않는 채로 두 사람은 서로를 바라
본다. 언제까지나.

그

그게 내 이름이에요. 그래요.

[아직도 우리는 그러고 있을 뿐이군요. 그리고 언제까지나
그러겠지요.] 당신 이름은 느베르. 프-랑-스-의-느-베-르.

끝

부록

한밤의 명백한 일들

(느베르에 관한 메모)[11]

독일 병사가 죽는 장면에 대하여

그들은 둘 다 똑같이 이 사건, 그의 죽음에 사로잡혀 있다.

둘 중 누구에게도 분노는 없다. 자신들의 사랑에 대한, 죽음과도 같은 회한만이 있을 뿐이다.

같은 고통. 같은 피. 같은 눈물.

발가벗겨진 전쟁의 부조리가 한데 엉킨 그들의 몸 위에 떠돈다.

그녀는 이미 숨을 거둔 것으로 여겨질 수도 있을 만큼 그의 죽음으로 인해 죽어 간다.

___

11) 시간 순서에 따르지 않음. 레네는 내게 "완성된 영화의 영상들을 평하듯이 해 달라."라고 말했다.

그는 사랑을 나눌 때 그랬듯이 그녀의 엉덩이를 쓰다듬으려 해 본다. 안간힘을 써도 못 하고 만다.

그가 죽을 수 있게 그녀가 돕는 듯하다. 그녀는 자신에 대한 생각은 전혀 없고 오로지 그만 생각한다. 그리고 그는 그녀를 위로하고, 아프게 해서 미안하다고, 죽어서 미안하다고 하는 듯하다.

조금 전까지 그와 함께 있던 곳에 그녀 혼자 남게 된 순간, 고통은 아직 그녀의 삶에 자리를 잡지 않는다. 다만 그녀는 이제 혼자라는 사실이 뭐라 표현할 길 없이 놀라울 따름이다.

독일 병사를 향해 총이 발사된 공원에 대하여

누가 이 공원에서 총을 쐈다. 느베르의 다른 공원에서도 가능했을 것이다. 느베르의 어느 공원에서든.

오로지 우연에 의해 바로 이 공원이 선택된 것이다.

그로부터 이 공원에는 흔해 빠진 그의 죽음이 낙인으로 새겨진다.

그곳의 색과 형태는 그때부터 숙명적이 된다. 바로 그곳에서 그의 죽음이 출발한 것이다. 영원히.

한 독일 병사가 전쟁 중에 지방의 광장을 가로질러간다

프랑스의 어딘가, 어느 날 오후의 끝 무렵, 한 독일 병사가 지방의 광장을 가로질러간다.

전쟁조차 일상이 된다.

독일 병사는 태평한 표적처럼 광장을 가로지른다.

사람들은 전쟁의 깊은 수렁 속, 전쟁이 영원히 끝나지 않으리라 체념하는 시기에 놓여 있다. 이제 적군들을 더 이상 경계하지도 않는다. 전쟁이 아주 익숙해진 것이다. 샹드마르스 광장에는 평온한 절망의 기운이 감돈다. 독일 병사도 그것을 느낀다. 사람들은 전쟁의 지루함에 대해 별로 언급하지 않는다. 전쟁의 지루함 속에서 여자들은 닫힌 창 덧문 사이로 광장을 걷는 적군을 쳐다본다. 이곳에서 모험은 조국에 대한 사랑에만 국한되어 있다. 연애 같은 다른 모험은 교수형을 받는다. 그런데도 쳐다보는데, 어쩌겠는가. 쳐다보는 것을 막을 도리는 없다.

리바와 독일 병사가 만나는 장면들에 대하여

우리는 성벽 뒤에서 키스를 했다. 마음은, 그렇다, 지옥이었다, 그러나 나는 나의 적군에게 키스하면서 못 견디게 행복했다.

전쟁 중에 성벽에는 늘 인적이 없었다. 전쟁 중에 프랑스 사람들이 거기에서 총살되었다. 그리고 전쟁 후에는 독일 사람들이 총살되었다.

내 앞에서 성문을 열려고 그의 두 손이 문에 닿았을 때, 나는 그의 손을 발견했다. 그의 손은 나 자신에게 순식간에 벌을 내리고 싶다는 마음이 들게 했다. 사랑을 나눈 뒤 나는 그의 두 손을 깨문다.

바로 그 도시의 성벽에서 나는 그의 여자가 되었다.

나는 아직도 그 공원 맨 안쪽의 그 문을 기억할 수가 없다. 그는 거기에서 때로 몇 시간이고 나를 기다리곤 했다. 특히 밤에. 아주 잠깐이라도 내가 시간이 날 때마다. 그는 두려워했다. 나는 두려웠다.

밖에서 함께 길을 가야 할 때면 나는 두려움에 싸여 그보다 앞서 걸었다. 사람들은 눈길을 아래로 내려 깔았다. 우리는 그들이 무관심하다고 생각했다. 우리는 경솔해지기 시작했다.

나는 환한 데서 한번 그를 볼 수 있게…… 철책 뒤로 광장을 지나가 달라고 그에게 부탁했다. 그래서 그는 매일 시선을 떨구고 그 철책 앞을 지나가 내게 자신을 보여 주었다.

겨울이면 폐허에 바람이 휘몰아친다. 차가움. 그의 입술은 차가웠다.

상상의 느베르

내가 태어난 곳 느베르는 내 기억 속에서 나 자신과 구별되지 않는다.
그곳은 어린아이라도 한 바퀴 돌아볼 수 있는 도시이다.

한쪽은 루아르 강, 다른 쪽은 성벽이 양쪽 경계를 이루고 있다.

성벽 너머에 숲이 있다.

느베르는 어린아이 걸음으로도 길이를 측정할 수 있다.

느베르는 성벽, 강, 숲, 들판 사이로 '지나간다'. 성벽은 거대하다. 강은 프랑스에서 가장 폭이 넓고, 가장 유명하고, 가장 아름답다.

어린 시절 시내를 돌아다니면 이 도시는 내게 어마어마하게 커 보였다. 루아르 강 속에서 도시의 그림자는 더 커다란 모습으로 흔들렸다.

나는 오랫동안, 아가씨 나이가 될 때까지, 느베르가 엄청 큰 도시라는 환상을 지니고 있었다.

그러니까 느베르는 자기 안에 갇혀 있었다. 내가 자라는 만큼 느베르도 자랐다. 나는 다른 도시들에 대해서는 아무것도 모른다. 나는 사랑의 크기에 딱 맞는 도시가 필요했다. 찾고 보니 그것도 바로 느베르였다.

느베르를 작은 도시라고 말하는 것은 심정적으로나 정신적으로나 잘못이다. 느베르는 내게 어마어마하게 큰 곳이었다.

도시를 집이라 보면 문가에 밀밭이 있다. 창문 너머에 숲이 있다. 밤이면 거기서 부엉이들이 정원까지 날아온다. 그래서 거기서는 마음을 단단히 먹고 무서워하지 말아야 한다.

다른 곳 어디와도 달리 거기에서는 사랑이 감시를 받는다.

거기에서 사람들은 홀로 죽음을 기다린다. 죽음 아닌 어떤 다른 모험도 그들의 기다림을 다른 데로 돌려놓지는 못하리라.

이 휘어지고 비뚤어진 길들에 그러니까 죽음을 향한 기다림이 똑바로 줄지어 뻗어 있는 것이 보인다.

거기에서 사랑은 용서받지 못한다. 느베르에서 사랑은 죄가 된다. 느베르에서 행복은 죄악이다. 권태는 허용되는 덕목이다.

미친 사람들이 도시 외곽을 돌아다닌다. 떠돌이들. 개들. 그리고 사랑.

느베르에 대해 나쁘게 말하는 것 역시 정신적으로나 심정적으로나 잘못일 것이다.

아이들이 잃어버린 구슬이 나오는 영상들에 대해서

나는 또 소리를 질렀다. 그리고 그날 누가 무어라 외치는 소리를 들었다. 마지막으로 나를 지하실에 가뒀던 날. 그것(구슬)은 아주 여유를 부리며 마치 어떤 사건처럼 나에게로 다가왔다.

그 안에는 알록달록 아주 선명한 색깔의 강물들이 흘렀다. 구슬 안에 여름이 있었다. 여름의 열기도 있었다.

이제 무엇을 먹어서는 안 된다는 것, 아무거나 먹으면 안 되고, 벽도 안 되고, 손에 난 피도 안 되고, 벽도 안 된다는 것을 나는 이미 알고 있었다. 나는 정답게 구슬을 쳐다보았다. 입에다 꼭 갖다 대 보았지만 깨물지는 않았다.

그렇게나 둥글고 그렇게나 완벽하다니, 해결할 수 없는 문제였다.

이걸 깨 버릴까. 바닥에 던져 보지만 내 손으로 다시 튀어오른다. 다시 해 본다. 돌아오지 않는다. 사라진다.

구슬이 사라지자 어떤 것이 다시 시작되고, 나는 그게 무언지 알아챈다. 두려움이 다시 온다. 구슬은 죽을 수 없다. 나는 기억한다. 찾는다. 찾아낸다.

아이들의 외침 소리. 구슬은 내 손에 있다. 외침 소리. 구슬. 그것은 아이들 것이다. 아니다. 아이들은 그것을 다시 가지지 못할 것이다. 손을 펴 본다. 구슬은 거기 포로로 잡혀 있다. 나는 그것을 아이들에게 돌려준다.

리바의 아버지 약국에 한 독일 병사가
다친 손을 치료 받으러 온다

[한여름에 나는 (검은색) 스웨터를 입고 있었다. 느베르의 여름은 서늘하다. 전쟁 중의 여름. 아버지는 지루해한다. 선반들은 비어 있다. 나는 어린아이처럼 아버지 말씀을 따른다. 화상 입은 그의 손을 본다. 붕대를 감아 주면서 내가 그를 아프게 한다. 눈을 드는 순간 잠깐 그의 눈이 보인다. 밝은색 눈동자. 내가 아프게 하니까 그가 웃는다. 나는 웃지 않는다.]

전쟁 중 느베르의 밤
독일 병사가 광장에서 리바의 창문을 살피고 있다

[아버지는 아무 말도 하지 않고 술을 마시고 있다. 내가 연주하는 음악을 듣고 있는지 아닌지도 모르겠다. 견디기 힘들

만큼 지루한 시간들이 저녁 내내 이어지지만 그날 저녁 전까
지만 해도 나는 그렇다는 것을 알지도 못한다. 적군은 나를 향
해 머리를 들고 얼핏 미소를 짓는다. 나는 죄를 짓는 느낌이
다. 끔찍한 광경을 목도한 것처럼 덧창을 닫아 버린다.] 아버
지는 안락의자에서 늘 그렇듯 반쯤 잠들어 있다. 식탁 위에는
우리 식기와 아버지의 포도주가 아직 놓여 있다. 덧창 너머에
서 광장은 거대한 바다처럼 요동친다. 그는 난파당한 사람 같
은 모습이다. 나는 아버지에게 가서, 거의 닿을 만큼 가까이에
서 아버지를 바라본다. 그는 포도주 속에 잠겨 잠들어 있다.
아버지를 잘 알아보지 못하겠다.

느베르의 저녁나절

자정, 혼자 내 방에 있다. 샹드마르스 광장의 바다는 여전히
내 방 덧창 너머에서 요동친다. 그는 오늘 밤에도 틀림없이 다
녀갔을 것이다. 나는 덧창을 열지 않았다.

느베르에서의 결혼

석양과 행복과 수치심 속에서 나는 그의 여자가 되었다. 그
것이 끝났을 때 우리 위로는 이미 밤이 드리워 있었다. 우리는
그런 줄도 몰랐다.

내 삶에서 수치심은 사라졌다. 우리는 밤이 된 걸 보고 즐거워했다. 나는 늘 밤을 무서워했다. 그날 밤은 그 이후로 한 번도 본 적 없는 캄캄한 밤이었다. 내 나라, 내 고향, 술 취한 내 아버지가 그 속에 잠겨 있었다. 독일 점령도 함께. 모두 한데 섞여서.

캄캄한 확신의 밤. 우리는 온 마음을 기울여, 그다음 엄숙하게 그 밤을 바라보았다. 그리고 나니 산이 하나씩 하나씩 지평선에 솟아올랐다.

독일 병사를 향해 총이 발사된 공원에 대한 다른 메모

사랑은 삶이 좀 더 편히 죽음으로 건너갈 수 있게 해 준다.

이 공원은 하느님을 믿게 할 수도 있을 것이다.

이 남자, 자유에 도취되어 소총을 들고 있는 남자, 44년 7월 말의 이 미지의 남자, 이 느베르의 남자, 나의 형제, 그 남자는 어떻게 알 수 있었던 걸까?

"그러고 나서 그는 죽었다."라는 문장에 대하여

이 영상이 나올 때 리바 자신은 더 이상 말을 하지 않는다.

그녀의 고통이 바깥으로 표현되면 고통의 강도가 약해질 것이다.

그녀는 다만 햇살 가득한 강둑에서, 죽어 가는 그를 막 발견한 참이다. 이 영상이 견디기 힘든 건 우리다. 리바가 아니다. 리바는 우리에게 말하기를 멈추었다. 그녀는 그저 딱 멈춘 것이다.

그는 아직 살아 있다.

그의 몸에 엎드린 리바는 극한의 고통 속에 있다. 그녀는 광란에 빠져 있다.

그녀가 그때 그에게 미소를 짓는다면 상황에 적합할 것이다.

고통에는 고통 고유의 추잡한 면이 있다. 리바는 추잡하다. 미친 여자처럼. 분별력이 사라졌다.

그것은 그녀의 첫사랑이었다. 그녀의 첫 고통이었다. 우리는 그런 상태의 리바를 바라보기가 힘들다. 우리는 그녀에게 아무것도 해 줄 수 없다. 그저 기다릴 뿐. 그녀에게서 그 고통이, 무어라 알아볼 수 있는 적절한 형태를 취하도록 기다리는 것뿐.

프레송이 죽는다. 그는 꼭 땅에 묶여 있는 것 같다. 죽음이 그를 정면으로 덮쳤다. 그에게서 강물처럼, 시간처럼 피가 흐른다. 그의 땀처럼. 그는 말처럼, 상상하기 힘들 만큼 의연하게 죽음을 맞이하고 있다. 그는 그러려고 안간힘을 쓴다. 잠시 후 그녀가 오자 그의 마음에 따스함이 깃들고, 죽음에 맞서 싸우는 것이 아무 소용없다는 확신이 든다. 프레송의 다정한 두 눈. 그들은 서로에게 미소를 짓는다. 그렇다. 거 봐, 내 사랑, 우리에게는 이것까지도 가능했던 거야. 죽음을 품은 승리. 완성. 나는 분명히, 당신이 가고 나면 더 이상 살지 못 살 거라 확신해,

그러니까 이렇게 당신한테 미소 짓는 거지.

독일 병사의 시체가 트럭에 실려 간 다음
강둑에 리바가 홀로 남아 있다

그날 태양은 찬란하게 빛났다. 그러나 매일 그렇듯 석양이 내려왔다.

그 강둑에서 리바에게 남은 것은 심장의 고동뿐이었다. (날이 저물어 갈 무렵 비가 내렸다. 도시에 비가 내리듯 리바도 비를 맞았다. 그리고 나서 비가 그쳤다. 그리고 나서 리바는 삭발을 당했다. 그리고 강둑에는 비에 젖지 않은 리바의 자리가 남는다. 불에 탄 자리).

그 강둑에서 그녀는 잠들어 있는 것 같다. 겨우 알아볼 수 있을 만하다. (동물들이 피투성이로 더럽혀진 그녀의 두 손 위로 지나간다.)

개?

리바의 고통. 그녀의 광기.
느베르의 지하실

리바는 아직 말을 하지 않는다.

여름은 아무 탈 없이 계속된다. 온 프랑스가 축제다. 소란과 기쁨 속에서.

강물도 여전히 아무 탈 없이 흐른다. 루아르 강. 리바의 두 눈도 루아르 강처럼, 이 소란 속에서, 그러나 고통으로 정연하게, 녹아 흐른다.

지하실은 작은데, 클 수도 있겠다.

리바는 소리를 질러 대는데, 입을 다물고 있을 수도 있다. 그녀는 자기가 소리를 지른다는 것을 모른다.

소리를 지른다는 것을 알려 주려고 사람들은 그녀에게 벌을 준다. 귀머거리처럼.

그녀가 소리를 지를 때면 그 소리를 들을 수 있게 일러 주어야 한다.

나중에 누가 그녀에게 그 이야기를 해 주었다.

그녀는 천치처럼 자기 손에 상처를 낸다. 방 안에 풀어놓은 새들은 사방에 부딪혀 날개가 찢겨도 아무것도 느끼지 못한다. 리바는 자기 손가락에 피를 내고는 그 피를 먹는다. 얼굴을 찡그리고 또 반복한다. 어느 날인가 강둑에서 그녀는 피를 사랑하는 법을 배웠다. 짐승처럼, 천한 여자처럼. 무언가를 잘 들여다봐야 한다. 리바의 눈이 먼 것은 아니다. 그녀는 쳐다본다. 아무것도 눈에 들어오지 않는다. 분명 쳐다보고 있다. 사람들 발이 그녀 눈앞에 지나간다.

그 사람들은 필연적인 세계, 당신과 나의 세계에서, 우리에게 익숙한 시간 속에서 길을 걷고 있다.

그 사람들의 발(얼굴만큼 똑같이 의미를 드러내는)에 놓인 리바의 시선은 이성이 떠나 버린 생체 조직의 세계 속에서 오간다. 그녀는 발들의 세상을 본다.

리바의 아버지

아버지는 전쟁으로 인해 지쳤다. 그는 나쁜 사람이 아니다. 자신에게 닥친 원치 않았던 일로 인해 정신이 멍해져 있다. 검은색 옷을 입고 있다.

리바의 어머니

어머니는 활발하다. 아버지보다 훨씬 젊다. 그녀가 세상에서 가장 사랑하는 것은 자식이다. 리바가 소리를 지를 때면 그녀는 딸 생각에 제정신이 아니다. 어머니는 사람들이 자기 아이를 또 고통스럽게 할까 봐 두렵다. 그녀는 집안일을 모두 도맡고 있다. 그녀는 강하다. 그녀는 리바가 죽기를 바라지 않는다. 그녀는 아이에게 어미 짐승처럼 거친 애정을 쏟아 붓는다. 그러나 한계가 없는 애정으로. 아버지와 달리 그녀는 리바를 단념하지 않는다.

그들은 열 살짜리 어린애인 양 그녀를 지하실에 내려 보낸다. 그들은 검은색 차림이다. 두 사람 가운데서 리바는 밝은색 옷을 입었다. 레이스가 달린 잠옷, 꼬마 여자애가 입는 그런 옷, 어머니가 만든 옷, 자신의 아이가 자란다는 것을 언제나 잊어버리는 어머니가 만든 옷.

느베르의 지하실에 있는 리바
어릴 때 쓰던 자기 방에 있는 리바

리바가 지하실 귀퉁이에 백짓장처럼 하얀 얼굴을 하고 있
다. 다른 곳인 듯 거기에, 늘. 여전히 루아르 강 눈을 하고서.
강둑에서의 눈. 이제 다 혼나고 용서받은 그녀. 두려움 가득한
어린 시절.

그녀가 정신이 드는 것은 밤이다. 그리고 자신이 한 남자의
여자임을 기억한다. 그녀에게도 욕망이 정면으로 덮쳤다. 그
가 죽었다는 사실이 그에 대한 욕망을 막지 못한다. 그녀는 죽
은 그를 못 견디게 갈망하며 몸부림친다. 텅 빈, 헐떡이는 몸.
젖은 입술. 음란하다 못해 천박하기까지 한, 욕망에 휩싸인 자
세를 하고 있다. 다른 어디에서보다 더 음란한 모습. 역겨운
모습. 그녀는 죽은 남자를 욕망한다.

리바가 자기 방의 물건들에 손을 대 본다.
"전에 본 기억이 나는데……."

이 상태에서 리바에게는 뭐든지 다 보인다. 모든 사물의 총
체이든 각각 분리된 사물들 하나하나이든. 상관없다. 모든 것
이 그녀의 시선에 다 들어올 것이다.

리바는 지하실의 초석을 핥는다

다른 게 없으니 초석도 먹힌다. 초산염 알갱이. 리바는 벽을 먹는다. 벽에 입을 맞추기도 한다. 그녀는 벽의 세계 안에 있다. 한 남자의 기억이 돌과, 공기와, 흙과 하나가 되어 이 벽 안에 있다.

느베르의 지하실에 고양이 한 마리가 들어온다

고양이는 언제나 한결같은 모습으로 지하실에 들어온다. 고양이는 바짝 경계 태세를 갖추고 있다. 리바는 고양이들이 있다는 것을 잊고 있었다.

고양이들은 완전히 길들여져 있다. 하는 짓이 귀엽다. 그들의 눈은 길들여져 있지 않다. 고양이의 눈과 리바의 눈은 서로 닮았고 서로를 쳐다본다. 텅 빈 눈. 고양이의 시선을 견뎌 내기란 거의 불가능하다. 리바는 할 수 있다. 그녀는 조금씩 조금씩 고양이의 시선 속으로 들어간다. 지하실에는 이제 단 하나의 시선, 고양이-리바의 시선만이 있다.

영원성은 모든 규정을 벗어난다. 그것은 아름답지도 추하지도 않다. 그것은 한 조약돌, 한 물체의 빛나는 모서리일 수 있을까? 고양이의 시선? 동시에 이 모든 것. 자고 있는 고양이. 자고 있는 리바. 깨어 있는 고양이. 고양이의 시선의 내면, 아니면 리바의 시선의 내면? 아무것도 걸리지 못하는 둥근 눈동

자. 광막한 저 눈동자들. 텅 빈 원형 경기장. 시간이 맥박 치는.

리바의 눈에 보인 느베르의 광장

광장이 계속된다. 저 사람들은 어디로 가는 것일까? 그들은
각기 이유가 있다. 자전거 바퀴들은 태양 같다. 움직이는 것이
움직이지 않는 것보다 더 시선을 끈다. 자전거 바퀴들. 사람들
발. 모두가 제 자리에서 움직인다.

때로 그곳은 바다다. 심지어 꽤 정기적으로 바다가 된다. 나
중에 그녀는 자기가 바다라고 생각했던 것이 새벽 여명이었
음을 알게 될 것이다. 그것은, 새벽 여명은, 바다는 그녀에게
잠을 가져다준다.

머리카락 속에 두 손을 넣은 채,
누워 있는 리바

그녀가 죽지 않았으므로 머리카락이 다시 자란다. 집요한
생명. 밤에도 낮에도 그녀의 머리카락은 자라난다. 스카프 밑
에서 살그머니. 나는 내 머리를 가만히 쓰다듬어 본다. 촉감이
나아졌다. 이제 손가락이 따갑지 않다.

느베르에서 삭발당하는 리바

그들이 그녀를 삭발한다.

그들은 거의 건성으로 그 일을 한다. 이 여자를 삭발해야 했다. 하자. 하지만 다른 데 할 일이 무척 많다. 우리는 그래도 우리가 해야 할 일을 한다.

광장에서 더운 바람이 불어와 그곳을 스쳐 간다. 그런데도 그곳은 다른 데보다 서늘하게 느껴진다.

삭발을 당한 아가씨는 약국집 딸이다. 그녀는 거의 자기 머리를 가위에 갖다 대고 있다. 이미 몸에 익힌 자동 장치에 응하듯 거의 그 작업을 돕고 있다. 삭발이 머리에 좋은 면도 있으니, 머리를 더 가볍게 해 준다는 점이다(그녀의 몸이 온통 잘려나간 머리카락으로 덮여 있다).

프랑스 어딘가에서 누군가 어떤 사람을 삭발한다. 이곳의 경우는 약국집 딸이다. 저녁 바람과 함께 라마르세예즈 곡조가 회랑까지 도달하여 성급하고 어리석은 정의를 얼른 시행하라고 부추긴다. 그들은 현명하게 행동할 여유가 없다. 회랑은 아무것도 상연되지 않는 극장이다. 아무것도. 무언가 상연될 수도 있었을 텐데 공연이 열린 적이 없다.

삭발이 끝나고 아가씨는 그대로 가만히 기다린다. 그들의 처분에 맡겨진 처지다. 도시에서 악행이 자행되었다. 기분 좋다. 그러니 더 허기가 진다. 이 여자애는 어디로 가 버려야 한다. 꼴사납고 어쩌면 역겹기도 하다. 여자애가 이곳에 그냥 있고 싶어 하는 것 같아 보이니 쫓아내야 한다. 사람들은 그녀를 쥐처럼 쫓아낸다. 하지만 그녀는 아주 빨리, 사람들이 바라는 만큼 그렇게 빨리 계단을 올라갈 수가 없다. 그녀는 엄청나게 시간이 많아 여유를 부리는 것 같아 보인다. 일어나지 않은 어떤 다른 일이 있어서 아직 대기하고 있는 것 같아 보인다. 다시 또 움직여야 하는 것에, 다리를 앞으로 내딛어야 하는 것에, 다른 데로 가야 하는 것에 거의 실망하는 것 같아 보인다. 그녀는 난간이 이런 데 쓰이라고 만들어졌구나 하고 생각한다.

자정, 리바가 삭발당하고서 집에 돌아온다

리바는 어머니가 다가오는 것을 본다. "나를 이 세상에 태어나게 했다니"라는 말은 리바의 시선에 미처 담기지 못한다. 그 시선을 가장 잘 표현해 줄 수 있는 말은 "그게 무슨 뜻이에요?"이다.

리바는 아마도 약간 눈썹을 찌푸리고 하늘에게, 어머니에게 묻는다. 그녀는 딱 버틸 수 있는 한계 지점에 있다. 어머니가 다가오자 그녀는 한계를 넘어서고, 기절하듯 어머니 품안에 쓰러지게 된다. 그러나 두 눈은 뜬 채일 것이다.

그 순간 리바와 어머니 사이에 일어나는 일은 오로지 육체적인 것일 뿐이다. 어머니는 리바를 능숙하게 안는다. 어머니는 자기 아이의 무게를 알고 있다. 리바는 어머니의 몸, 어린 시절부터 늘 슬픔이 지나가기를 기다리곤 했던 그 품에 자신을 내맡긴다.

리바는 춥다. 어머니가 그녀의 팔과 등을 문질러 준다. 어머니는 자기 아이의 삭발당한 머리에 입을 맞추면서도 의식조차 못 한다. 전혀 비장한 모습도 아니다. 그녀의 아이는 살아 있다. 그만하면 다행인 것이다. 그녀는 아이를 집으로 옮긴다. 문자 그대로, 그녀는 그 나무토막에서 딸을 끌어낸다, 끌어내야 한다. 그때 리바는 이미 죽어 있는 것같이 무게가 느껴졌다.

리바의 초상.
정신을 되찾는 시기

그녀는 빙빙 돌고 있다. 시간이 조금 흘렀다.

지금 그녀의 광기가 꿈틀거린다. 그녀는 움직여야 한다. 그녀는 빙빙 돈다. 이것이 마지막 시점이다.

리바의 얼굴은 석고를 바른 듯하다. 이 얼굴은 몇 달 전부터 쓸데가 없었다. 입술이 얇아졌다. 시선도 수척해질 수가 있다. 몸은 더 이상 아무 의미도 없다. 리바의 몸은 이제 빙빙 돌 때 머리를 받쳐 주는 데만 쓰일 뿐이다. 그녀는 아직도 그를 부르지만 천천히 그리고 아주 띄엄띄엄 부른다. 기억의 기억. 몸은 더럽고, 텅 비어 있다. 그녀는 자유로워질 것이다, 이제 곧 그렇게 될 것이다. 원은 깨질 것이다. 그녀는 상상의 질서를 무너뜨리고 사물들을 뒤집어 놓은 다음 그것들을 거꾸로 쳐다본다.

리바의 광기

그녀는 방바닥 모서리들을 보다가 무언가를 알아볼 때면 입술을 떤다. 그녀는 미소를 짓는가 아니면 우는가? 둘 다 똑같다. 그녀는 귀를 기울여 무슨 소리를 듣는다. 뭔가 일을 꾸미고 있는 것 같아 보인다. 전혀 아니다. 그녀는 그저 생테티엔 성당 종소리를 듣고 있을 뿐이다. 고통의 완수. 그녀는 도시의 소리에 귀를 기울인다. 그러고는 다시 제자리에서 빙빙 돈다. 느닷없이 기지개를 켠다. 정신이 돌아오는 것이 그녀는 두렵다. 그녀는 발로 차서 내쫓는다. 무엇을? 그림자들.

정오, 리바가 루아르 강둑에 온다

리바가 한 송이 꽃처럼 강둑 계단 맨 위에 도달한다.
동그랗고 짧은 치마. 도드라지기 시작하는 엉덩이와 젖가슴.

새벽녘, 루아르 강둑에 나가는 리바

내게 바깥출입이 허용된다. 나는 몹시 지쳐 있다. 계속 고통스러워하기엔 너무 젊다고들 한다. 날씨가 포근하다고 한다. 벌써 여덟 달이라고 한다. 내 머리카락은 길다. 아무도 지나가는 사람은 없다. 나는 이제 안 무섭다. 자, 봐요! 내가 무엇에 대비를 해야 하는 것인지 나는 모르는데……. 그것에 대비하여 어머니가 내 건강에 신경을 쓴다. 나도 내 건강에 유의한다. 루아르 강을 너무 오래 바라보면 안 된다고들 한다. 나는 바라볼 것이다.

사람들이 다리 위로 지나간다. 평범한 모습이 때로 놀라워 보이는 때가 있다. 평화가 왔다고들 한다. 저들이 내 머리를 민 사람들이다. 아무도 내 머리를 밀지 않았다. 내 눈을 붙잡는 것은 루아르 강이다. 나는 강을 바라보고, 도저히 물에서 눈을 떼지 못한다. 나는 아무것도, 아무것도 생각하지 않는다. 이렇게 질서정연하다니.

리바는 밤을 틈타 파리에 들어간다

이렇게 질서정연하다니. 나는 떠나야 한다. 나는 떠난다. 되돌아온 질서 속에서. 존재하는 것 외에 아무 일도 나한테 일어날 수 없다. 좋다.

밤이 좋다. 나는 루아르 강을 떠난다. 그래도 아직까지 길이 끝나는 곳마다 루아르 강이 있다. 조금 더 참자. 루아르 강은 내 인생에서 사라질 것이다.

느베르

(비망록)

느베르에서 살았던 시절에 대해 리바 자신이 말한다

저녁 7시가 되면 생라자르 성당의 종이 울려 시간을 알렸
다. 그러면 약국을 닫았다.

전쟁 속에서 자란 나는 아버지가 저녁마다 이야기를 해 주
셨어도 전쟁에 별로 주의를 기울이지 않았다.

나는 약국에서 아버지를 도왔다. 조제 조수였다. 나는 학업
을 막 마친 참이었다. 어머니[11]는 남부 지방에 살고 있었다. 나
는 일 년에 여러 번, 방학 때 어머니를 만나곤 했다.

여름이나 겨울이나, 독일 점령 하의 캄캄한 어둠 속에서나
햇살 가득한 6월의 저녁이나 저녁 7시면 약국은 문을 닫았다.

---

11) 리바의 어머니는 유대인이었을 것이다.(아니면 남편과 떨어져 지냈거나.)

언제든 나에게는 너무 일렀다. 우리는 2층의 집으로 올라갔다. 영화는 전부 또는 거의 전부 독일 영화였다. 영화관에 가는 것은 내게 금지되어 있었다. 밤이면 내 방 창문 아래에서 샹드마르스 광장은 더욱 더 커다랗게 드넓어지곤 했다.

시청에는 깃발도 없었다. 내가 아주 어렸던 시절 기억을 더듬어 봐야만 불 켜진 가로등이 생각났다.

독일군이 경계선을 넘었다.

적군이 당도했다. 독일 병사들이 일정한 시간에 노래를 부르며 샹드마르스 광장을 가로질러 가곤 했다. 가끔 그들 중 하나가 약국에 오기도 했다.

야간 통행금지 또한 시작됐다.

그다음엔 스탈린그라드.

성벽을 따라 사람들을 죽 늘어 세워 놓고 총살했다.

다른 사람들은 수용소로 강제 이송됐다. 또 다른 사람들은 도주해서 레지스탕스에 가담했다. 어떤 사람들은 공포 속에서 재산을 불리며 거기 남아 있었다. 암시장의 활기가 한창 극에 달해 있었다. 노동자 주거 지역인 생○○ 변두리 아이들은 굶주림에 시달렸지만 '그랑세르'에서 사람들은 푸아그라를 먹었다.

아버지는 생○○ 지역 아이들에게 약을 주었다. 나는 약국 문을 닫고 나서 일주일에 두 번 피아노 레슨을 받으러 가는 길에 그들에게 약을 가져다주었다. 때로 좀 늦게 돌아오기도 했다. 아버지는 덧창 너머에서 나를 지켜보고 있었다. 저녁에 아버지가 피아노를 쳐 달라고 부탁하는 때도 가끔 있었다.

내가 피아노를 다 치고 나면 아버지는 아무 말도 하지 않았고 깊은 수심만 더 역력히 드러났다. 아버지는 어머니 생각을 하고 있었다.

적에 대한 공포 속에서 저녁에 그렇게 피아노를 치고 나면 나의 젊음이 목구멍까지 치밀어 올라왔다. 나는 아버지에게 그런 이야기를 전혀 하지 않았다. 아버지는 내가 유일한 위안이라고 말하곤 했다.

도시에 있는 남자들은 모두 독일 사람들뿐이었다. 나는 열일곱 살이었다.

전쟁은 끝이 없었다. 내 젊음도 끝이 없었다. 나는 전쟁에서도, 젊음에서도 도저히 벗어날 수가 없었다.

여러 종류의 윤리 도덕들이 이미 내 머리를 혼란스럽게 만들고 있었다.

일요일은 내게 휴일이었다. 나는 성장에 필요한 버터를 사러 에지에 가면서 자전거를 타고 온 도시를 질주했다. 니에브르 강을 따라 달렸다. 가끔 나무 아래 멈춰 서서 이 기나긴 전쟁이 대체 언제 끝나나 생각하기도 했다. 그러는 사이에도 나는 점령군에 맞서 무럭무럭 자랐다. 이 전쟁에 맞서서. 강물을 바라보면 언제나 내 마음에 기쁨이 차올랐다.

하루는 어떤 독일 병사가 불에 덴 손을 치료받으러 약국에 왔다. 약국에는 우리 두 사람만 있었다. 배운 바대로 나는 적군을 증오하면서 그의 손에 붕대를 감아 주었다. 그 적군은 고맙다고 했다.

그가 다시 왔다. 아버지가 계신 때였는데 나한테 처치를 하라고 하셨다.

아버지가 계신 데서 나는 다시 한 번 그의 손을 치료해 주었다. 배운 바대로 나는 눈을 들어 그를 똑바로 쳐다보지 않았다.

그런데 그날 저녁에는 유독 전쟁이 지긋지긋하다는 생각이 들었다. 아버지에게 그 말을 했다. 아버지는 대답하지 않았다.

나는 피아노를 쳤다. 그러고 나서 우리는 불을 껐다. 아버지가 덧창을 닫으라고 했다.

광장에는 손에 붕대를 감은 한 젊은 독일 병사가 나무에 등을 기대고 서 있었다. 희미한 어둠 속에서 그의 손이 하얀 반점처럼 도드라져 보였기 때문에 나는 어두운데도 그를 알아볼 수 있었다. 덧창 안쪽의 유리창을 다시 닫은 것은 아버지였다. 내 인생에서 최초로 한 남자가 내 피아노 연주를 들었다는 것을 알았다.

그 남자는 다음 날에도 왔다. 그때는 그의 얼굴을 봤다. 어떻게 또 안 볼 수가 있었겠는가? 아버지가 우리에게 다가왔다. 아버지는 나를 떨어뜨려 놓고 나서 이제 손에 더 치료를 받을 필요가 없다고 적군에게 알려 주었다.

그날 저녁 아버지는 단호하게 피아노를 치지 말라고 했다. 아버지는 식탁에서 평소보다 훨씬 더 많이 포도주를 마셨다. 나는 아버지가 시키는 대로 했다. 아버지가 약간 정신이 이상해졌다는 생각이 들었다. 많이 취했거나 정신이 이상해졌다 싶었다.

아버지는 어머니를 몹시 사랑했다. 지금도 여전히 사랑하고 있었다. 어머니와 떨어져 지내는 것을 아버지는 많이 괴로워했다. 어머니가 집에 있지 않게 된 이후로 아버지는 술을 마시기 시작했다.

가끔씩 아버지는 어머니를 만나러 가면서 나에게 약국을 맡기곤 했다.

적군이 왔던 그다음 날 아버지는 전날 약국에서 있었던 일에 대해 내게 아무런 말도 다시 하지 않고 집을 나섰다.

그날은 일요일이었다. 비가 내렸다. 나는 에지 농장에 가고 있었다. 평소처럼 강을 따라 늘어선 포플러나무 아래에서 잠시 가던 길을 멈추었다.

내가 멈춘 후 조금 있다가 그 적군이 바로 그 포플러 나무 아래로 왔다. 그도 역시 자전거를 타고 있었다. 손은 다 나아 있었다.

그는 다시 출발하지 않고 그대로 있었다. 비가 세차게 쏟아졌다. 잠시 후 빗속에서 태양이 모습을 드러냈다. 그는 나를 바라보던 눈길을 거두고, 미소를 짓고, 때로 여름에 태양과 비가 어떻게 함께 있을 수 있는지 보라고 했다.

나는 아무 말도 하지 않았다. 그래도 비는 바라보았다.

그러자 그가 여기까지 나를 따라왔다고 말했다. 돌아가지 않을 거라고.

나는 다시 출발했다. 그는 나를 따라왔다.

한 달 동안 그는 나를 따라다녔다. 나는 더 이상 강가에서 멈추지 않았다. 절대. 하지만 그는 일요일마다 그 자리에 서 있곤 했다. 나 때문에 거기 있다는 것을 어떻게 모르겠는가.

나는 아버지에게 그 일에 대해 아무 말도 하지 않았다.

나는 한밤에, 대낮에, 적군 한 사람에 대한 꿈을 꾸기 시작했다.

그렇게 내가 꾸는 꿈 속에서는 부도덕과 도덕이 한데 뒤섞여 곧 서로 분간도 되지 않게 됐다. 나는 스무 살이었다.

어느 날 저녁 생○○ 근교 길모퉁이를 돌아서는데 누가 내 어깨를 잡았다. 나는 누가 오는 것을 보지 못했다. 밤이었다. 7월의 저녁, 8시 30분. 그 적군이었다.

우리는 숲에서 만났다. 헛간에서. 폐허에서. 그리고 이곳저곳의 방에서.

어느 날 아버지에게 익명의 편지 한 통이 도착했다. 독일 패망이 시작되고 있었다. 1944년 7월이었다. 나는 아니라고 했다.

그가 내게 떠나게 됐다고 알려 준 것도 강을 따라 늘어선 포플러나무 아래에서였다. 다음 날 아침 파리로 트럭을 타고 떠나게 되었다. 전쟁이 끝나는 것이니 그는 기뻤다. 그는 내게 바비에르 이야기를 해 주었다. 내가 그를 다시 만나게 될 곳. 우리가 결혼식을 올리게 될 곳.

도시에서는 벌써 총성이 들렸다. 사람들은 검은 커튼을 뜯어냈다. 라디오 방송은 밤낮으로 멈추지 않았다. 80킬로미터 떨어진 곳에서 이미 독일군 행렬이 골짜기들 속에 숨어 있었다.

나는 모든 적군들 중에서 그 적군만을 빼놓고 있었다.

내 첫사랑이었다.

그의 몸과 내 몸은 이제 내게 조금도 다르게 여겨지지 않았다. 그의 몸과 내 몸 사이에는 명백하게 같은 점만 있었다.

그의 몸은 내 몸이 되었고 그의 몸을 내 몸과 도저히 구분해 낼 수 없었다. 나는 살아 움직이는 이성의 부정이 되었다. 이런 이성의 결핍에 대치될 수 있을 모든 이유들을 나는 다 쓸어 내 버릴 것이었다. 그런데 어떻게. 카드로 만든 성처럼 그리고 바로 상상으로만 만들어 낸 이유들처럼. 자기 자신을 그렇게 잃어버린 경험을 한 번도 해 보지 않은 사람들은 나에게 먼저 돌을 던져라. 내게는 오로지 사랑만 있었을 뿐 더 이상 조국은 없었다.

나는 아버지에게 짧은 말 한 마디를 남겼다. 익명의 편지가 말했던 것이 사실이라고, 육 개월 전부터 독일 병사를 사랑했다고 말했다. 그를 따라 독일로 가고 싶다고.

느베르에는 이미 레지스탕스가 적에 근접해 있었다. 이제 경찰도 없었다. 어머니가 돌아왔다.

그는 다음 날 떠날 것이었다. 그의 트럭 위장 덮개 아래 나를 태워 가기로 돼 있었다. 우리는 이제 다시는 서로 떨어지지 않을 수 있을 거라 생각했다.

우리는 다시 호텔에 한 번 갔다. 그는 새벽에 생라자르 쪽으로 숙영지에 합류하러 떠났다.

우리는 12시에 루아르 강둑에서 만날 예정이었다. 내가 12시에 루아르 강둑에 도착했을 때 그는 아직 완전히 숨을 거둔 상태는 아니었다. 강가 공원에서 누가 총을 쏜 것이었다.

하루가 다 지나고 밤이 새도록 나는 그의 시신 위에 엎드려 있었다.

다음 날 사람들이 와서 그의 시신을 트럭에 싣고 갔다. 바로 그날 밤 도시가 해방됐다. 생라자르 성당 종소리가 도시를 가득 채웠다. 내 첫사랑이었다고……. (큰 소리로 외침.)

나는 낮부터 밤까지 그의 시체 위에 엎드려 있었다.

그다음 날 사람들이 와서 그의 시체를 거두어 트럭에 실어 갔다. 바로 그날 밤 도시가 해방되었다. 생라자르 성당의 종소리가 도시에 울려 퍼졌다. 그 소리를, 맞다, 분명히 들은 것 같다.

사람들이 샹드마르스 광장의 한 창고로 나를 끌고 갔다. 거기에서 어떤 사람들이 나를 삭발해야 한다고 말했다. 나는 아무 의견도 없었다. 머리 위에서 나는 가위 소리에 나는 완전히 무관심했다. 다 끝내고 나자 삼십 대 남자 하나가 나를 거리로 데려 나갔다. 여섯 사람이 나를 둘러쌌다. 그들은 노래를 불렀다. 나는 아무것도 느껴지지 않았다.

아버지는 덧창 너머에서 분명히 나를 봤을 것이다. 약국은 수치스럽다는 이유로 문을 닫았다.

사람들은 나를 다시 샹드마르스 광장의 창고로 데려갔다. 사람들은 내게 뭘 원하느냐고 물었다. 나는 아무 생각도 없다고 말했다. 그러자 사람들은 내게 그만 집에 가 보라고 했다.

자정이었다. 나는 공원 담을 넘었다. 좋은 날씨였다. 풀밭 위에서 죽으려고 몸을 뉘었다. 그러나 죽지 않았다. 추웠다.

나는 아주 오래 어머니를 불렀고…… 새벽 2시쯤 덧창에 불이 밝혀졌다.

내가 죽은 것으로 하게 됐다. 그러고서 나는 약국 지하실에서 지냈다. 사람들 발은 볼 수 있었고 밤이면 샹드마르스 광장의 큰 커브가 보였다.

나는 미쳐 갔다. 악에 받쳐서. 어머니 얼굴에 침을 뱉기도 했던 모양이다. 머리카락이 다시 다 자라기까지 이어졌던 그 시기에 대해 거의 기억나는 것이 없다. 어머니 얼굴에 침을 뱉었던 그 기억 말고는.

그러고 나서 차츰 나는 낮과 밤의 차이를 알아 갔다. 4시 반쯤이면 지하실 벽 모서리가 어둑어둑해진다거나 이제 겨울이 완전히 끝났다거나 하는 것도.

때로 아주 늦은 밤이면 두건을 쓰고서 밖에 나가는 것이 허용되었다. 그리고 혼자서. 자전거를 타고.

머리카락이 다시 자라기까지 일 년이 걸렸다. 나는 아직도, 나를 삭발했던 사람들이 머리카락이 다시 자라는 데 필요한 시간을 머릿속에 떠올려 봤다면 내 머리를 밀기를 망설였으리라고 생각한다. 사람들의 상상력 결핍으로 인해 나는 치욕을 겪었다.

어느 날 어머니가 평소처럼 내게 먹을 것을 가져다주러 왔다. 어머니는 내게 떠날 때가 왔다고 알려 주었다. 그리고 돈을 건네주었다.

나는 자전거를 타고 파리로 떠났다. 먼 길이었지만 기온이 높았다. 여름. 내가 파리에 도착하고 다음 날 아침, 모든 신문마다 히로시마라는 단어가 올라 있었다. 그것은 충격적인 소식이었다. 내 머리카락은 이상해 보이지 않을 만큼 적당히 자라 있었다. 아무도 삭발당했던 사람은 없었다.

일본 남자의 초상

사십 대 남자. 키가 크다. 상당히 '서구적인' 얼굴이다.

서구적인 유형의 일본 배우를 택하는 것은 다음과 같이 해석되어야 한다.

매우 뚜렷하게 일본적 특성을 지닌 일본 배우는, 무엇보다 주인공이 일본인이어서 프랑스 여자가 매혹되는 것이라고 생각하게 만들 위험이 있다. 그렇게 되면 원하건 원하지 않건 이국취미라는 함정에 빠지게 될 테고, 또한 모든 이국취미 안에 반드시 존재하는 본의 아닌 인종차별주의에 빠지게 될 수도 있다.

관객이 "일본 남자들은 저렇게 매력적이라니까!"라고 말하는 것이 아니라, "저 남자는 어쩌면 저렇게 매력적인가!"라고 말하게끔 해야 한다.

그렇기 때문에 두 주인공 사이에 유형의 차이를 완화하는 편이 좋은 것이다. 만약 관객이 영화 내내 일본 남자와 프랑스 여자 사이의 이야기라는 것을 잊어버리지 못한다면 이 영화의 심층적인 의미의 폭은 더 이상 존재하지 않게 된다. 관객이 그것을 잊게 된다면 그 심층적 의미의 폭이 확보된다.

미스터 버터플라이는 이제 지나간 인물이다. 마드무아젤 드 파리도 마찬가지다. 오늘날의 우리 세계의 평등주의적 기능에 희망을 걸어야 한다. 그리고 그것을 말하기 위해서는 속임수라도 써야 한다. 그렇지 않다면 프랑스-일본 합작 영화를 만드는 것이 무슨 의미가 있겠는가? 이 프랑스-일본 합작 영화는 결코 프랑스-일본 영화로 보여서는 안 되고 반 프랑스-일본 영화로 보여야만 한다. 그렇게 되면 성공이다.

옆에서 보면 이 남자는 프랑스인처럼 보일 수도 있다. 넓은 이마. 큰 입. 선이 뚜렷하지만 딱딱한 표정의 입술. 표정에 조금도 꾸밈이 없는 얼굴. 어떤 각도에서 보더라도 불분명한 윤곽은 없다.

요컨대 그는 '국제적인' 유형에 속한다. 누구나 그 사람을 보면 바로 매력을 느낄 수 있어야 하는데, 그것은 중년이 되기 전에 미리 지쳐 버리거나 권모술수를 쓰거나 하는 일 없이 잘 나이 먹은 남자들이 지니는 그런 매력이다.

그는 엔지니어이다. 그는 정치를 한다. 우연히 이런 직업인 것이 아니다. 기술은 국제적이다. 정치에서 어떤 위치나 상황의 작용도 역시 그러하다. 이 사람은 근본적으로 세상의 정세를 아는 현대인이다. 그는 세상 어느 나라에서도 많이 낯설어 하지 않을 것이다.

그는 육체적으로도 정신적으로도 자기 나이다워 보인다.

그는 속임수를 쓰며 살지 않았다. 그럴 필요가 없었다. 그는 사는 게 늘 흥미로웠던 사람이다. 청소년기에 대한 향수를 내내 못 떨치고 다니지 않아도 될 만큼 그의 삶은 늘 충분히 흥미로웠다. 이런 향수 때문에 사십 대 남자들은 너무도 자주 사이비 청년 행세를 하면서, 자신만만하게 보이기 위해 할 수 있는 것이 뭘까 아직도 찾아 헤맨다. 그가 스스로에 대해 자신이 없다면 그것은 분명한 이유가 있기 때문이다.

그는 외모를 가꾸어 멋을 부리지는 않지만 그렇다고 아무렇게나 하고 다니는 것은 아니다. 그는 바람둥이가 아니다. 그는 사랑하는 아내와 두 아이가 있다. 그렇지만 여자들을 좋아한다. 그러나 '호색한' 편력이 있는 것은 결코 아니다. 그는 그런 종류의 편력이란 경멸할 만하고 '대용품'이라고 생각한다. 그는 단 한 여자에게서도 사랑을 받아 보지 못한 남자는 사랑이 뭔지도 모를 뿐 아니라 심지어 남자도 아니라고까지 생각한다.

바로 그렇기 때문에 그는 그저 스쳐 지나가는 만남인데도 불구하고 그 젊은 프랑스 여자와 진짜 연애를 하는 것이다. 스쳐 지나가는 만남 같은 것에 의미를 두지 않기 때문에 그는 프랑스 여자와 그렇게 진실하고 격정적인 사랑을 한다.

프랑스 여자의 초상

그녀는 서른두 살이다.

그녀는 아름답다기보다는 사람의 마음을 끄는 매력이 있다.

어떤 면에서 이 여자 역시 "더 룩(The Look)"이라 부를 수 있을 것이다. 그녀의 모든 것, 말, 움직임 같은 모든 것은 "시선의 지배하에 있다".

이 시선은 스스로를 의식하지 않는다. 이 여자는 그 시선이 되어 무엇을 바라본다. 그녀의 시선은 그녀가 하는 행동을 분명하게 만들어 주는 것이 아니라 언제나 그 이상으로 넘쳐난다.

어떤 여자든 사랑에 빠지면 아마 눈이 예뻐질 것이다. 하지만 이 여자, 사랑은 이 여자를 다른 여자들보다 조금 더 앞서 영혼의 혼돈 속에 던져 넣는다(의도적으로 스탕달식 표현 선택). 왜냐하면 그녀는 다른 여자들보다도 더 "사랑 자체를 사랑하기" 때문이다.

그녀는 사랑으로 죽지는 않는다는 것을 안다. 이제껏 살아오면서 그녀는 사랑으로 인해 죽을 기막힌 기회가 있었다. 느베르에서 그녀는 죽지 않았다. 그 이후로, 그리고 히로시마에서 그 일본 남자를 만난 날까지, 운명을 결정할 유일한 기회를 유예당한 자의 '수심'을 자기 안에, 자신과 더불어 끌고 다닌다.

그녀의 삶에 결정적 영향을 미친 것은 삭발당하고 치욕을 겪었다는 사실이 아니라 바로 문제의 실패, 즉 1944년 8월 2일 루아르 강둑에서 사랑으로 죽지 않았다는 것이다.

이것은 그녀가 히로시마에서 일본 남자를 대하는 태도와 모순되지 않는다. 오히려 그에 대한 태도와 직접적인 관계가 있는데……. 그녀가 일본 남자에게 이야기해 주는 것은 바로 그 기회, 자신이 놓쳐 버렸으며 그와 동시에 자신이 어떤 인간인지 규정해 주었던 그 기회이다.

놓쳐 버린 그 기회에 대한 이야기는 문자 그대로 그녀를 그녀의 바깥으로 옮겨 놓고 이 새로운 남자에게로 데려간다.

몸과 영혼을 내맡긴다는 것, 바로 그것이다.

바로 거기에 육체적인 사랑 행위에 해당하는 의미, 그에 더하여 결혼에 해당하는 의미가 놓여 있다.

그녀가 — 히로시마에서 — 그 일본 남자에게 내어 주는 것, 그것은 자신이 세상에서 가진 가장 귀한 것, 현재 시점의 그녀 표현을 따르자면, 느베르에서 자신의 사랑이 죽고도 살아남았음이다.

작품 해설

마르그리트 뒤라스를 전 세계의 대중들에게 널리 알린 작품은 단연 『연인』일 것이다. 이전까지의 작품들도 많은 반향을 불러일으키고 사람들의 입에 오르내렸지만 정작 작품 자체가 대중에게 널리 읽히지는 못했다. 뒤라스의 소설들은 대중에게 익숙한 이야기 방식을 따르지 않았고 난해하거나 거북하게 느껴졌기 때문이다. 그러나 일흔 살의 노작가가 발표한 십 대 소녀의 사랑 이야기에 대중은 열광했다. 일부 평단은 뒤라스의 파격적 행보와 글쓰기에 여전히 강한 거부감을 표명했지만 『연인』은 공쿠르 상을 수상했고 엄청난 판매 부수를 기록했다. 이 작품이 세간의 관심을 집중시킨 데에는 알코올 중독과 긴 칩거 생활에서 벗어나 다시 세상에 나온 작가의 개인사나 소설 줄거리의 대중성도 어느 정도 작용했을 것이다. 하지만 전 세계에 뒤라스를 알린 일등공신은 무엇보다 영화화된 「연인」이었다. 소설 『연인』은 사실 당연한 일이지만 뒤라스 작품 고유의 특징, 즉 대중에게 친화적이지 않은 특징들을 그대로 지니고 있다. 이야기 자체보다 도드라지는 이미지와 문장의 리듬, 주변 세상에 예민하게 반응하는 감각과 의식의 흐름, 가식과 위선을 거부하는 거침없는 삶의 태도 표명 등이 그것이다.

뒤라스의 소설과 영화라는 장르가 만난 것은 『연인』에서만이 아니다. 여러 작품들이 영화화되었을 뿐만 아니라 작가 스스로 감독이 되어 여러 편의 영화를 만들기도 했다. 이 영화들은 대중에게는 외면받았지만 영상과 문학이 하나로 어우러진 독특한 미학적 성취를 이루어 냈다. 『히로시마 내 사랑』은 『태평양을 막는 방파제』와 『모데라토 칸타빌레』 사이에 위치한다. 소설이 먼저 나오고 나중에 다른 감독이 각색한 이 두 작품과 달리 『히로시마 내 사랑』은 처음부터 작가와 감독이 함께 만들어낸 협동 작품이다. 1950년대 후반 프랑스의 누벨바그 영화를 대표하는 알랭 레네 감독이 시나리오를 집필할 작가로 뒤라스를 선택했고 줄거리를 비롯한 세세한 사항에 이르기까지 두 사람의 오랜 논의와 협업 끝에 작품이 만들어졌다. 레네와 뒤라스는 원자폭탄 투하 이후의 처참한 이미지 위에, 글을 낭독하는 듯한 메마른 목소리의 시적 내레이션을 싣고, 과거와 현재, 평온한 풍경과 폐허의 영상을 교차 편집하여 보는 이의 마음에 파문을 일으켰다. 뒤라스는 이전에 영화화된 자신의 작품에 대해서 문체가 사라진 것을 치명적 결함으로 꼽았는데 이번에는 레네와 더불어 매우 독특한 영화의 문체를 구축해 낸 것이다. 이 작품을 영화로 감상할 때 가장 우리의 마음을 끄는 것은 아마 목소리의 질감, 무언가를 낭독하는 듯한 어조, 문장의 리듬, 단순한 영상 위에 덧입힌 복잡한 내면의 흔들림 같은 '문체'라고 할 수 있을 것이다. 당대의 규범을 거침없이 뛰어넘는 소설가와 영화감독이 만나 시적인 영상과 대사를 담은 아름다운 작품이 탄생하게 된 것이다.

『히로시마 내 사랑』이 책으로 출판된 것은 영화 개봉 다음 해인 1960년이다. 여기에는 영화에서 생략되었던 대사와 지문들이 모두 포함되어 있고, 시나리오에 이어 부록, 비망록, 주인공들의 초상이 덧붙여져 있다. 그러므로 이 책은 영화의 토대가 되는 시나리오이면서 동시에 소설적인 요소를 포함한 여러 장르의 글쓰기가 혼합된 작품이다.

첫 장면은 원자폭탄 투하로 인한 버섯구름으로 시작되고 이어서 두 어깨가 모습을 드러낸다. 화면에 보이는 물방울에 대해 작가는 사람의 땀 같기도 하고 버섯구름이 증발하면서 내려앉은 이슬 같기도 하다고 묘사하면서 '서늘함과 뜨거운 욕망이 동시에' 느껴져야 한다고 지시한다. 작가가 주문하는 이 차갑고도 동시에 뜨거운 느낌은 이 작품 전체를 관통하는 열쇠 말에 해당한다고 할 수 있을 것이다. 상반된 양 극단의 개념과 감각이 작품의 처음부터 끝까지 켜켜이 스며들어 있다. 서로 끌어안은 두 어깨는 사랑의 행위에 몰두한 몸인지 죽음으로 향하는 고통에 사로잡힌 몸인지 분간되지 않는다. 점차 윤곽이 드러나는 두 사람은 평화에 대한 영화를 찍기 위해 히로시마에 와 있는 프랑스 여배우와 이 도시에 살고 있는 일본 남자이다. 우연히 만나 하룻밤을 함께 보낸 그들은 새로 시작되는 사랑과 바로 눈앞에 다가온 이별 사이에서 갈등하고, 그러는 과정에서 고통스러운 개인의 과거와 비극적인 시대의 역사가 중첩되어 나타난다. 그들이 나누는 대화 속에서 일본과 프랑스, 히로시마와 느베르, 현재와 과거, 가해자와 피해자, 사랑과 죽음, 기억과 망각의 중첩과 병치가 일어난다.

다음 날 아침 아직 잠들어 있는 남자의 손을 여자가 물끄러미 바라보는 장면에서 같은 자세로 루아르 강둑에 엎드려 있는 다른 남자의 모습이 화면에 스쳐 지나간다. 이때부터 여자는 과거의 결정적 장소 느베르를 떠올리기 시작한다. 오래전 그곳에서 그녀는 점령군 독일 병사와 사랑에 빠졌다. 스무 살 안팎의 젊은이들의 사랑은 전쟁만 아니었다면 어디에나 존재하는 평범한 연애였을 것이다. 독일 점령하의 프랑스에서 금기를 어긴 두 사람에게 세상은 너그럽지 않았다. 독일 병사는 누군가에 의해 살해된다. 승리한 조국에게 치욕스러운 존재인 여자는 머리를 삭발당하고 자기 집 지하실에 갇힌다.

기억의 과장과 소멸 상태를 오가며 음울한 지하실에서 보내는 이 시간이 서술될 때 우리는 뒤라스가 인도차이나에서 보냈던 청소년기의 암울한 그림자를 얼핏 감지할 수 있다. 뒤라스는 심각한 우울증과 삶에 대한 절망에 빠진 어머니 슬하에서 궁핍하고 불안정한 유년과 청소년기를 보냈다. 그 시절 식민 종주국 출신의 십대 백인 여학생이 부유한 아시아 남자와 만나 금기에 해당하는 관계를 맺는다는 것은 엄청난 스캔들이었다. 『연인』에 그려져 있듯 이 금기의 체험은 뒤라스에게 주위 시선을 두려워하지 않는 대담한 일탈이었으나 동시에 너무 어린 나이에 성적 탐닉에 빠져듦으로써 불안과 서글 픔을 체감하는 계기이기도 하였다. 그 시기의 뒤라스는 어쩌 면 정신적 삭발의 체험을 한 것인지도 모른다. 지하실의 시기 는 머리카락이 다시 자라는 시간, 고통과 광기를 다스리고 분 노를 잠재우는 시기에 해당한다.

『히로시마 내 사랑』의 주인공이 지하실의 시기를 지나 한 밤중 파리로 떠나갔듯 뒤라스 역시 인도차이나를 떠나 파리 에서 대학에 입학하고 새로운 삶을 시작했다. 이후 그녀의 사 적인 삶은 결혼, 이혼, 오랜 친구와의 동거와 출산, 이별, 바닷 가 집에서의 칩거, 나이 어린 연인과의 사랑 등으로 요약되지 만 죽기 직전까지 글쓰기를 멈춘 적은 없었다. 십여 년의 칩거 기간 동안 그녀는 오로지 술 마시고 글 쓰는 일만을 했다. 심 한 알코올 중독 속에서도 글을 썼고, 치료 후 다시 매진한 일 도 글쓰기였으며 모두 임종을 예상했던 병상에서 일어나 마 지막 작품『이게 다예요』를 집필했다.

2부에서 두 사람은 영화 촬영이 끝난 평화의 광장에서 다시 만난다. 이야기가 진행되면서 히로시마와 느베르의 장면이 계 속 교차되고 느베르 장면의 비중이 커지며, 일본 남자와 독일 병사가 하나로 겹쳐지는 지점에 이른다. 이전의 사랑과 마찬가 지로 두 사람의 사랑에 미래가 존재하지 않는다는 것이 선명 해지고, 아무리 고통스러워도 언젠가는 고통의 이유조차 기억 나지 않을 것이라는 통찰이 일어나는 지점이다. 그녀에게 독일 병사와의 사랑이 비극이었던 것은 그의 비참한 죽음 때문만이 아니었다. 그녀에게 가장 고통스러웠던 것은 자신이 그 기억을 잊을 수 있었다는 사실이다. 갇혀 있던 지하실에서 그녀는 계절이 바뀌고 있음을 감지한다. 겨울이 가고 봄이 왔다. 그리고 죽음과 다르지 않았던 기억이 서서히 흐려져 가고 있음을 깨닫는다. 그토록 큰 사랑을 잊었다는 깨달음에 그녀는 전율한다. 그녀가 최초로 경험하는 망각의 무차별적 위력이다.

2차 세계 대전 종전 무렵 유럽의 참상과 사춘기에서 청년기로 넘어가는 한 평범한 여자의 비극은 도저히 회복 불가능한 것으로 보인다. 그런데 뒤라스가 우리에게 전하는 것은 그런 불가능성에 관한 메시지가 아니다. 이 작품에서 히로시마는 원자폭탄 투하 이후의 폐허 속에서도 새로 피어난 꽃으로 뒤덮인다. 하지만 잿더미에서 꽃이 지천으로 피어나 원폭 피해의 상징 도시가 온통 꽃 천지가 되었다는 것을 놀라운 생명력과 희망의 메시지로 읽어서는 안 된다. 이를 통해 작가가 강조하려는 것은 오히려 엄청난 재앙을 겪고도 여전히 똑같은 행동을 반복하는 인간의 우매함이다. 단 9분 만에 사망자 20만 명, 부상자 8만 명을 낸 참사를 잊을 수 있는 존재가 인간이다. 재건된 히로시마는 아주 평범한 모습이고 사람들은 기껏해야 관광버스를 타고 박물관에 들러 과거를 잠시 둘러보며 눈물지을 수 있을 뿐이다. 눈앞에 보이는 현재의 평범한 모습을 마주하고 과거의 참상을 끊임없이 똑같은 강도로 기억하기란 불가능하다. 역사뿐 아니라 개인도 마찬가지다. 인간은 기억과의 싸움에서 승리하지 못한다. 프랑스 여자는 자기 인생의 어떤 결정적인 사건을 통과하며 절대 잊지 못하리라 여겼던 것이 희미해지는 체험을 한다. 그녀는 잊지 않기 위해서 사투를 벌인다. 그러나 망각의 막강한 힘은 그 너머에 있다. 잊지 않으려는 대상만이 문제가 아니다. 가장 끔찍한 것은 왜 그것을 기억해야만 했는지 그 이유마저 기억에서 사라진다는 것이다.

일본 남자와 헤어지고 호텔 방으로 돌아와 거울 앞에 선 그녀가 자신의 첫사랑 독일병사에게 말한다. "내가 어떻게 당신을 잊는지 지켜봐. 내가 어떻게 당신을 잊었는지 지켜봐." 이 문장들의 시제는 과거와 현재와 미래를 모두 담고 있다. 그녀는 일본 남자와 함께 하는 현재 시간 속에 과거의 기억을 풀어내면서 기억을 되살림과 동시에 망각에게 건네주는 의식을 치른다. 느베르의 기억은 참혹했지만 결국 이 세상 어디에나 존재하는 인간의 불행이었다. 그 기억에서 살아남았다는 것은 끔찍한 일이 아니라 세상 어디에나 있는 일이다. 그러므로 다시 반복될 수도 있는 일이다. 그녀는 히로시마의 현재에서 느베르의 과거로 회귀함으로써 기억의 강박으로부터 벗어나게 되었다. 사랑이 시작되는 시점에서 벌써 사랑의 종말을 선명하게 알아보는 이들. 시간이 흐르면 "우리를 이어 주는 것이 무언지 이름을 대지 못할 시간이" 찾아온다. 그 이름은 조금씩 희미해지다가 완전히 사라져 버린다. 마지막 장면에서 여자가 남자를 그윽이 바라보다가 그에게 히로시마라는 이름을 부여하는 것은 이 때문이다. 히로시마는 기억과 망각의 도시이다.

2017년 6월
방미경

작가 연보

1914년   베트남 남부의 지아딘에서 출생. 본명은 마
                르그리트 도나디외(Donnadieu). 아버지는 수
                학 교사, 어머니는 토착민 학교 프랑스어 교
                사. 2남 1녀의 막내.

1918년   아버지 사망.

1930년   사이공 리요테 기숙 학교에 진학. 샤슬루로
                바 고등학교에서 중고등 과정 수학.

1932~1933년   바칼로레아를 치른 후 프랑스에 영구 귀국.
                파리에서 생활. 수학, 법학, 정치학 공부.

1937년   식민지청 근무.

1939년   로베르 앙텔므와 결혼.

1940~1942년   필리프 로크와의 공저인 『프랑스 제국(L'-
                Empire français)』출간. 출판 협회 근무. 첫아

이의 죽음. 중일전쟁 중 남동생의 죽음. 디오
니스 마스콜로와 만남.

1943년	마르그리트 뒤라스라는 필명으로 『철면피들(Les Impudents)』 출간. 앙텔므, 마스콜로와 함께 '국제 전쟁 포로 해방 기구'에 가입. 프랑수아 미테랑의 레지스탕스 활동에 협력.
1944년	로베르 앙텔므가 체포되어 부헨발트 강제수용소 그리고 다카우 강제수용소에 차례로 수용됨. 공산당에 가입. 전쟁 포로들과 강제수용소자들에 대한 정보를 모아 신문《리브르》발행. 『조용한 삶(La Vie tranquille)』 출간.
1945년	앙텔므 귀환. 앙텔므와 함께 '우주촌'이라는 출판사를 세움.
1946년	이탈리아에서의 여름 휴가. 앙텔므와 이혼.
1947년	아들 장 마스콜로 출생.
1950년	『태평양을 막는 방파제(Un Barrage contre le Pacifique)』 출간. 공산당에서 제명됨.
1952년	『지브롤터의 선원(Le Marin de Gibraltar)』 출간.
1953년	『타르키니아의 망아지들(Les Petits chevaux de Tarquinia)』 출간.
1954년	『숲 속의 나날들(Des Journées entières dans les arbres)』 출간.
1955년	첫 희곡 『광장(Le Square)』 출간.
1957년	마스콜로와 헤어짐.

1958년	「히로시마 내 사랑(Hiroshima mon amour)」의 시나리오 집필. 『모데라토 칸타빌레(Moderato Cantabile)』 출간. 알제리 전쟁의 속행에 반대하여, 그 뒤에는 드골 정권에 반대하여 투쟁.
1959년	「히로시마 내 사랑」 영화 개봉.
1960년	『히로시마 내 사랑』 출판. 『앙데스마스 씨의 오후(L'Après-midi de Monsieur Andesmas)』 출간.
1961년	앙리 콜피의 영화 「그토록 오랜 부재(Une aussi longue absence)」의 시나리오 집필. 제라르 자를로와 함께 쓴 이 시나리오로 1963년에 메디치 상을 받음.
1964년	『롤 V. 스탱의 황홀(Le Ravissement de Lol V. Stein)』 출간.
1965년	『부영사(Le Vice-consul)』 출간.
1966년	폴 스방과 함께 「라 뮤지카(La Musica)」 공동 감독.
1968년	5월 혁명에 참여.
1969년	『그녀는 말한다, 파괴하라고(Detruire, dit-elle)』 영화화.
1971~1976년	『사랑(L'Amour)』, 『노란 태양(Jaune le soleil)』, 『나탈리 그랑제(Nathalie Granger)』, 『갠지스 강의 여인(La Femme du Gange)』, 『박스터, 베라 박스터(Baxter, Vera Baxter)』, 『캘커타 사막

속의 베네치아라는 이름(Son nom de Venise dans Calcutta désert)』출간. 트루빌의 로슈 누아르 호텔과 파리, 그리고 그녀의 저택이 있는 노플르샤토를 오가며 살았음. 1975년에는 「인디아 송(India Song)」이 칸 영화제에서 예술 및 비평 부문 수상. 1976년에는 「숲 속의 나날들」이 장 콕도 상을 받음.

1981년 　「로마에서의 대화(Dialogue de Rome)」에 대한 기자 회견을 위해 캐나다, 미국, 이탈리아로 여행.

1982년 　뇌이의 아메리칸 병원에서 알코올 중독 치료.

1984년 　『연인(L'Amant)』출간. 이 작품으로 공쿠르 상을 받음.『아웃사이드(Outside)』출간.

1985년 　『고통(La Douleur)』출간.

1986년 　『연인』으로 "영국어로 출간된 올해 최고의 소설"이라는 찬사와 함께 리츠 파리 헤밍웨이 상 수상.『파란 눈 검은 머리(Les Yeux bleus, cheveux noirs)』출간.

1987년 　『에밀리 엘(Emilie L)』과『속된 인생(La Vie matérielle)』출간.

1988년 　심각한 혼수상태에 빠짐. 입원.

1991년 　갈리마르 출판사에서『북중국의 연인(L'mant de la Chine du Nord)』과 희곡『영국인 애인 (L'Amante anglaise)』출간.

1992년	폴 출판사에서 『얀 앙드레아 스테네르(Yann Andréa Steiner)』 출간.
1993년	갈리마르 출판사에서 『글쓰기(Ecrire)』, 폴 출판사에서 『바깥세상(Le Monde extérieur)』 출간.
1995년	『이게 다예요(C'est tout)』 출간.
1996년	3월 3일에 사망.

세계문학전집 **349**

히로시마 내 사랑

1판 1쇄 펴냄 2017년 6월 23일
1판 7쇄 펴냄 2023년 11월 8일

지은이 마르그리트 뒤라스
옮긴이 방미경
발행인 박근섭, 박상준
펴낸곳 (주)민음사

출판등록 1966. 5. 19. (제 16-490호)
서울특별시 강남구 도산대로1길 62(신사동) 강남출판문화센터 5층 (우편번호 06027)
대표전화 02-515-2000 팩시밀리 02-515-2007
www.minumsa.com

한국어 판 © (주)민음사, 2017. Printed in Seoul, Korea

ISBN 978-89-374-6349-5
ISBN 978-89-374-6000-5 (세트)

세계문학전집 목록

세계문학전집은 계속 간행됩니다.